Librairie Parisienne : ARNAUD & Cie, Editeurs, 10, rue de Paradis, Paris

Les grands Romanciers anglais

Walter SCOTT

Richard Cœur de Lion

Traduction, Adaptation et Notice par E. JUIN

PARIS
LIBRAIRIE PARISIENNE
10, RUE DE PARADIS, 10

1899

NOTICE

Walter Scott, né à Edimbourg en 1771, mort en 1832.— Le plus célèbre et le plus fécond des romanciers anglais. Un goût des plus prononcés pour les légendes, les récits de chevalerie, les contes, le prédestina à être l'auteur populaire qu'il est devenu. Il eut l'art merveilleux de faire revivre le passé, les mœurs et les paysages d'autrefois, de faire vivre des personnages au milieu de situations des plus dramatiques. La couleur locale, toujours vraie, la peinture des détails, l'intérêt du dialogue ont conservé à ses œuvres une renommée que les années n'ont point altérée. Personne ne l'a égalé dans ses descriptions des personnages et des mœurs de l'Ecosse à tous les âges. C'est bien l'écrivain de l'Ecosse par excellence et, en le lisant, tous se sont mis à aimer ce pays et ses habitants. Nous ne pouvons ici indiquer le titre de tous ses romans ; citons : *Waverrley, Lucy Mannering. L'Antiquaire, Rob-Roy, Ivanhoe, Quentin Durward, Redgauntlet, Richard Cœur de Lion, la Jolie Fille de Perth*, etc., etc. Les romans de Scott sont toujours historiques et ont toujours conservé un caractère de décence et de pureté morale qui fait que chacun peut les lire sans danger. — Compromis dans la faillite d'un de ses éditeurs, il fut ruiné et se remit à l'œuvre pour payer ses créanciers, mais à partir de cette époque, (1826) ses écrits, sauf les « Contes d'un grand-Père » et quelques autres, ne sont plus égaux à ses premières productions... Il succomba à la tâche, non sans avoir dédommagé en partie ceux à qui il devait de l'argent.

E. J.

RICHARD CŒUR DE LION

I

Le brûlant soleil de Syrie n'avait pas encore atteint le haut de sa course ; un chevalier dont le bras droit était paré d'une croix rouge parcourait lentement les déserts sablonneux qui avoisinaient la Mer Morte. Le soleil brillait avec une splendeur presque intolérable sur cette scène de désolation et toute la nature semblait s'être dérobée à ses rayons brûlants, à l'exception d'un personnage solitaire qui foulait lentement le sable mouvant.

Le costume du cavalier et le harnais de son cheval convenaient mal à un tel pays. Une cotte de maille à longues manches, des gantelets recouverts de lames d'acier et une cuirasse du même métal n'avaient pas semblé être un poids suffisant, il y avait joint un bouclier triangulaire, qu'il portait suspendu au cou et un casque d'acier à visière grillée. Le casque lui-même était recouvert d'un capuchon de mailles, protégeant les épaules et la gorge du croisé et comblant le vide existant entre le haubert et le haume. Ses membres inférieurs étaient enfermés comme son corps dans un tissu de mailles flexibles, garantissant les jambes et les cuisses, tandis que ses pieds étaient chaussés de souliers recouverts de lames d'acier de la même façon que ses gantelets. Une épée à deux mains, longue et large, dont la poignée avait la forme d'une croix, avait pour pendant, à gauche, un fort poignard. Sur l'étrier reposait l'arme favorite du chevalier, sa longue lance acérée. A cet encombrant équipement il faut ajouter un manteau de drap brodé, usé et défraîchi, il est vrai, mais assez bon encore pour empêcher les rayons du soleil de frapper directement sur l'armure, qu'autrement le cavalier n'aurait pu supporter. Bien qu'aux trois quarts effacées, on pouvait distinguer les armes de son possesseur ; elles semblaient être un léopard rampant avec cette devise : « Je dors, ne m'éveillez pas ». On pouvait reconnaître le même blason sur le bouclier quoique de nombreux coups en eussent terni les traits. Aucun cimier n'ornait son énorme casque. En conservant leur pesante armure, les croisés semblaient porter un défi au climat du pays dans lequel ils avaient porté la guerre.

L'accoutrement du cheval n'était guère moins lourd et moins commode que celui de son cavalier. Une lourde selle plaquée de fer se joignant par devant, une sorte de plastron, et derrière une pièce d'armure de feu, vive, protégeant la croupe. A l'arçon de la selle pendait une masse d'armes, une chaîne de métal soutenait les rênes et le chanfrein, percé de trous par les yeux et les naseaux, donnait au cheval, avec sa pointe courte et acérée, l'aspect d'une fabuleuse licorne.

L'habitude avait rendu le cavalier et sa monture capables d'endurer une telle panoplie. Il est vrai qu'un grand nombre des guerriers d'Occident qui s'étaient rendus en Palestine avaient succombé avant d'avoir pu s'accoutumer à ces chaleurs torrides ; mais il s'en trouvait d'autres pour qui le climat, de nuisible était devenu salutaire et parmi eux le chevalier qui côtoyait les rives désolées de la Mer Morte.

La nature l'avait doué d'une force peu commune ; elle lui permettait à la fois de porter son haubert de mailles avec autant de facilité que s'il eût été tissé de fils d'araignées et de défier les changements de climat, les fatigues et les privations de toute espèce. Son caractère semblait participer, dans une certaine mesure des qualités de sa constitution physique, car sous l'apparence d'un calme parfait, il nourrissait cette passion enthousiaste pour la gloire qui formait le principal attribut de la race normande et qui avait fait de ses enfants les maîtres de l'Europe en quelque lieu où ils eussent tiré leur aventureuse épée.

Ce n'est cependant pas à tous les hommes de cette race que la fortune avait accordé d'aussi brillantes récompenses ; celles obtenues par notre chevalier durant deux années de combat en Palestine n'avaient guère consisté qu'en une renommée guerrière et en privilèges spirituels. Durant ce temps, sa maigre bourse s'était épuisée, dans la mesure où elle se vidait. La petite suite qui l'avait accompagné lors de son pays d'origine avait vu son nombre diminuer et son seul écuyer se trouvait actuellement sur un lit de souffrance incapable d'être aux côtés de son maître. Cet état de choses inquiétait d'ailleurs peu le croisé, accoutumé à considérer sa bonne épée comme sa plus sûre escorte et ses pensées pieuses comme la meilleure des compagnies.

Cependant, malgré son tempérament de fer et son caractère résigné, le chevalier sentait le besoin de prendre de la nourriture et du repos : ce fut donc avec joie qu'il aperçut, vers midi, ayant laissé la Mer Morte à sa droite, deux ou trois palmiers s'élevant au-dessus d'une source. Son bon cheval qui avait supporté la fatigue avec autant de courage que son maître, releva la tête, gonfla ses naseaux et pressa le pas, comme s'il eût aspiré de loin les eaux vives auprès desquelles il allait se reposer et se rafraîchir.

Tandis que le chevalier du Léopard continuait à tenir les yeux fixés sur le bouquet de palmiers, encore assez éloigné, il lui sembla voir un objet se mouvoir sous leur ombrage. Cet objet se sépara des arbres, prit forme et s'avança du côté du chevalier avec une telle rapidité, que celui-ci distingua bientôt un homme à cheval, que son turban, sa longue javeline et son cafetan vert lui firent reconnaître pour un cavalier sarrasin. « Point d'ami au désert », dit un proverbe oriental. Mais le vaillant champion de la croix s'inquiétait fort peu si l'infidèle allait l'aborder en ami ou en ennemi : peut-être aurait-il préféré la dernière alternative. Quoi qu'il en soit, il prit sa lance de la main droite, la mit en arrêt à demi-levée, rassembla les rênes de la main gauche, éperonna son coursier, afin de ranimer sa vigueur, et se prépara à rencontrer l'étranger avec la confiance d'un guerrier accoutumé à vaincre.

Le Sarrasin accourut au grand galop, à la façon des cavaliers arabes ; il gouvernait son cheval par la seule pression de ses jambes et les inflexions de son corps, plutôt qu'en se servant de la bride qu'il tenait flottante dans sa main gauche, ce qui lui permettait de mouvoir aisément le léger bouclier rond, en peau de rhinocéros, orné de clous d'argent, qu'il portait au bras. Au lieu de mettre sa longue javeline en arrêt, il l'avait saisie par le milieu et la brandissait au-dessus de sa tête. En fondant sur son adversaire à toute vitesse, il paraissait s'attendre à le voir imiter son exemple : mais celui-ci, à qui la tactique des orientaux était familière, ne se souciait pas d'épuiser son cheval par un exercice inutile. Au contraire, il s'arrêta court, sachant bien, qu'en cas de choc, son propre poids et celui de son puissant coursier lui donneraient assez d'avantage sans y ajouter la force d'un mouvement rapide. N'augurant rien de bon non plus d'un tel choc, le sarrasin, arrivé presque à portée du chevalier, opéra une brusque conversion avec une adresse merveilleuse. Deux fois il fit le tour de son antagoniste qui, par une manœuvre analogue et sans quitter son terrain, présenta constamment le front et déjoua toute tentative d'être attaqué hors de garde. Une volte-face nouvelle ramena le sarrasin à une centaine de mètres en arrière. Il revint à la charge et ne fut pas plus heureux à la troisième fois ; le chrétien, désirant mettre un terme à ces escarmouches où, en fin de compte, il aurait fini par épuiser ses forces, saisit sa masse d'armes et d'un bras aussi vigoureux que son œil était sûr, il la lança à la tête de l'émir, car son ennemi paraissait tenir ce rang. Bien qu'amortie par son bouclier, la violence du coup le jeta à terre : mais il se releva vivement, appela son cheval, qui revint aussitôt près de lui, sauta en selle sans toucher l'étrier et regagna l'avantage dont le chevalier du Léopard avait pensé le priver. Durant ce temps, le croisé avait ramassé sa masse, mais l'oriental qui venait d'en éprouver la force jugea prudent de continuer la lutte à distance. Plantant sa javeline dans le sable, il tendit avec dextérité un petit arc qu'il portait dans le dos ; puis, reprenant le galop, il décrivit deux ou trois cercles plus étendus que les premiers et décrocha en courant six flèches contre le chrétien qui ne dut d'avoir la vie sauve qu'à la bonne qualité de son armure. La septième parut avoir frappé un endroit défectueux, car il tomba lourdement de cheval. A cette vue, l'infidèle, ayant mis pied à terre, courut voir dans quel état se trouvait son adversaire, mais quelle ne fut pas sa surprise en se sentant saisir brusquement au corps, — c'était une ruse imaginée par le croisé pour l'amener à sa portée ! Dans cette lutte suprême, le sarrasin fut encore sauvé par son agilité et sa présence d'esprit : il détacha le ceinturon qu'avait empoigné le chevalier du Léopard et, s'arrachant à sa redoutable étreinte, il remonta sur son cheval qui semblait suivre ses mouvements avec l'intelligence d'un être humain, puis s'éloigna. Mais, dans cette dernière rencontre, il avait perdu son épée et son carquois, suspendus au ceinturon qu'il avait été forcé d'abandonner. Son turban gisait sur le sol. Ces désavantages semblèrent ramener le musulman à des dispositions pacifiques ; il s'approcha du chrétien, la main droite étendue, mais non plus dans une attitude menaçante.

— Il y a trêve entre nos deux nations — dit-il, en langue franque, moyen de communication ordinaire entre croisés et musulmans ; — pourquoi nous faire la guerre ? Que la paix soit entre nous !

— Je ne demande pas mieux, répondit le chevalier, mais quelle garantie m'offres-tu ?

— Un serviteur du prophète, répliqua l'émir, n'a jamais violé sa parole et c'est à toi, brave nazaréen, que je réclamerais une garantie, si je ne savais que la trahison va rarement de pair avec le courage.

La confiance de l'infidèle fit rougir le croisé.

— Par la croix de mon épée, dit-il en portant la main à son arme, je te serai un fidèle compagnon, Sarrasin, tant que le sort voudra que nous restions ensemble.

— Par Mahomet, le prophète, et par Allah, dieu du prophète, reprit son adversaire d'un moment auparavant, il n'est dans mon cœur la moindre ombre de trahison contre toi. Dirigeons-nous maintenant vers cette source, car l'heure du repos s'approche et l'eau avait à peine effleuré mes lèvres lorsque ton approche m'a appelé au combat.

Le chevalier du Léopard y consentit gracieusement et les deux braves, sans un regard de haine, sans un geste de méfiance, chevauchèrent côte à côte vers le bouquet de palmiers.

Pendant cette courte marche, chacun restait silencieux, plongé qu'il était dans ses propres réflexions : ils reprenaient haleine après une rencontre qui avait failli être fatale à l'un des deux adversaires, sinon aux deux. Leurs coursiers semblaient, eux aussi, apprécier ce repos. Bien que soumis à un exercice des plus violents, celui du Sarrasin semblait avoir moins souffert de la fatigue que le cheval du chevalier européen. Les membres de ce dernier étaient encore couverts de sueur, tandis que ceux du noble animal arabe s'étaient complètement séchés pendant ces quelques minutes d'exercice tranquille, à l'exception de quelques flocons d'écume encore visibles sur la selle et la housse. Le sol mouvant augmentait dans une telle mesure la fatigue de son cheval que le chevalier du Léopard mit pied à terre et conduisit lui-même sa monture par la bride ; ce fut d'ailleurs à ses propres dépens, car, bardé de fer comme il était, il enfonçait à chaque pas dans le sable jusqu'à la cheville.

— Vous avez raison, dit le sarrasin en rompant le silence pour la première fois depuis qu'ils faisaient route ensemble. Votre excellent cheval mérite le soin que vous prenez ; mais à quoi peut bien vous servir dans le désert un tel animal qui s'enfonce aussi profondément dans le sable que les racines d'un palmier.

— Sarrasin, répondit le chevalier chrétien, peu charmé de la façon dont l'infidèle critiquait sa monture favorite, tu parles selon tes connaissances ; mais dans mon pays, mon cheval m'a souvent transporté de l'autre côté d'un lac aussi large que celui qui s'étend derrière nous et cela sans qu'il eût un seul poil mouillé au-dessus du sabot.

Le musulman le regarda avec la surprise que la gravité orientale l'autorisait à témoigner, c'est-à-dire un soupçon de sourire releva imperceptiblement l'épaisse moustache qui couvrait sa lèvre supérieure. Mais il reprit aussitôt son flegme accoutumé : — Il est vrai ce dicton : « qui écoute un franc entend une fable », dit-il alors. — Tu as fort peu de courtoisie, infidèle, répliqua le chevalier, de mettre en doute la parole d'un chevalier, et si ce n'était l'ignorance qui te fasse parler, notre trêve serait déjà terminée. Penses-tu que je dise un mensonge en t'assurant qu'une troupe de cinq cents cavaliers dont je faisais partie ont chevauché des lieues et des lieues sur l'eau aussi solide que le cristal. — Que veux-tu dire ? reprit le musulman. Cette mer intérieure à laquelle tu fais allusion a ceci de particulier que, par suite de la malédiction divine, elle rejette tout objet qu'on jette dans ses flots ; mais ni la mer Morte ni aucun des sept océans qui entourent la terre ne supporteraient sur leur surface la pression d'un pied pas plus que la mer Rouge n'endura Pharaon et son armée. — Tu parles toujours d'après ce que tu sais, dit le chevalier chrétien ; mais je t'affirme que je ne mens pas. Dans ce pays, la chaleur de l'été convertit le sol en une matière presque aussi liquide que l'eau ; dans le mien, la rigueur de l'hiver transforme l'eau elle-même en une substance aussi dure que le sol.

Le sarrasin regarda son compagnon avec attention, comme s'il eût voulu découvrir dans quel sens il devait prendre des paroles qui lui semblaient recéler soit un mystère, soit une imposture. A la fin, il parut fixé sur la manière dont il devait accueillir le langage du croisé. — Tu appartiens, lui dit-il, à une nation qui aime rire et vous vous amusez vous-mêmes et les autres en racontant des choses impossibles ou des événements qui ne se sont jamais produits. Tu es sans doute un de ces chevaliers français qui considèrent comme un jeu et comme un passe-temps de gaber (1), comme ils disent, d'exploits qui sont au-dessus des forces de l'homme. — Je ne suis point de leur pays, je ne partage point leurs manières de faire, dit le chevalier qui est, comme tu l'as dit si bien, de se *gaber* des autres en racontant ce qu'ils

(1) Gasconner, ancien mot français. Jeu très en faveur parmi les chevaliers français qui consistait à rivaliser les uns avec les autres, à raconter les exploits les plus extraordinaires ; ce mot est resté en écossais avec la signification.

n'osent entreprendre ou ce qu'ayant entrepris, ils n'ont osé achever. Mais j'ai imité leur folie en ceci, brave sarrasin, c'est qu'en te parlant de choses qu'il t'est impossible de comprendre, j'ai, tout en disant l'exacte vérité, passé à tes yeux pour un vantard. Ainsi donc, ne te soucie plus de mes paroles.

Ils étaient parvenus au bouquet de palmiers et à la source qui jaillissait sous leur ombrage.

Chrétien et sarrasin s'assirent sur le gazon et chacun eut recours à la petite provison dont il s'était muni pour sa route. Tout en se préparant à absorber leur frugal repas, ils s'examinaient avec une curiosité que leur récent combat n'avait pas peu contribué à exciter. Chacun s'efforçait de se faire une idée de la force et du caractère d'un ennemi aussi formidable et l'un et l'autre étaient obligés de convenir que s'il eût succombé dans la lutte, c'eût été sous les coups d'un noble adversaire.

Les deux champions présentaient un contraste frappant pour la taille et pour la personne et ils auraient pu fournir un représentant assez exact de la nation à laquelle ils appartenaient. Le franc paraissait un homme robuste, taillé d'après l'ancien type gothique ; dès qu'il eût ôté son casque, on aperçut une tête couverte de nombreux cheveux blonds, épais et bouclés. La chaleur du climat avait donné à ses traits une teinte beaucoup plus foncée que celle de sa peau naturelle, comme on pouvait l'apercevoir par les parties de son corps moins fréquemment exposées à la vue. Ses grands yeux bleus étaient bien fendus. Une épaisse moustache ombrageait sa lèvre supérieure, tandis que son menton était soigneusement rasé selon la coutume des normands. Son nez était aquilin et bien formé ; sa bouche était peut-être un peu grande, mais garnie d'une double rangée de dents d'une merveilleuse beauté ; sa tête était petite et posée sur le cou avec beaucoup de grâce. Il ne pouvait guère avoir dépassé trente ans. Il était de haute taille, bien musclé, comme un athlète. En ôtant ses gantelets, il montra des mains belles, fines, bien proportionnées. Un air de bravoure, une insouciante franchise d'expression caractérisaient son langage et ses mouvements ; sa voix avait le ton d'un homme plus habitué à commander qu'à obéir et qui avait l'habitude d'exprimer ses sentiments à haute voix et sans crainte chaque fois qu'il en avait l'occasion.

L'émir sarrasin, lui, se distinguait sous tous les rapports du chevalier occidental. Sa taille était, il est vrai, au-dessous de la moyenne, mais elle était encore de trois pieds inférieure à celle de l'Européen ; ses membres déliés et minces, bien que proportionnés à sa personne, ne semblaient pas au premier abord annoncer cette vigueur et cette élasticité dont avait fait montre l'émir dans le combat qu'il avait livré seulement un moment auparavant. En l'examinant plus attentivement, on s'apercevait que ceux de ses membres exposés à l'air paraissaient absolument dépourvus de chair ou de graisse ; constitué de peau, d'os et de muscles, cette charpente paraissait bien plus apte à supporter la fatigue ou les efforts que celle d'un colosse dont la taille et la force sont contrebalancées par une pesanteur inévitable. Tout en reproduisant les traits de la tribu orientale dont il descendait, le sarrasin ressemblait aussi peu que possible aux portraits que les troubadours du temps traçaient ordinairement des guerriers infidèles. Son visage était petit, de forme délicate, bien que bruni par le soleil d'Orient ; il se terminait par une barbe flottante et bouclée, paraissant entretenue avec un soin particulier. Son nez était droit et régulier ; ses yeux vifs, profonds, pétillants ; ses dents égalaient en blancheur l'ivoire des déserts : bref, le sarrasin différait autant du chrétien que son cimeterre, superbe lame de damas, étroite et légère, mais brillante et polie, ressemblait peu à la longue et pesante épée saxonne qui gisait à côté d'elle sur l'herbe. L'émir était à la fleur de l'âge et il aurait pu passer pour être d'une beauté remarquable n'eussent été son front étroit et ses traits généralement trop saillants, du moins à en juger selon le goût européen.

Les provisions dont les deux guerriers s'étaient munies étaient fort simples, mais le repas du sarrasin était plus que frugal. Une poignée de dattes, un morceau de pain d'orge suffirent à apaiser sa faim ; quelques gorgées de l'eau de la source bienfaisante près de laquelle ils se reposaient complétèrent son repas. Celui du chrétien, bien que grossier, était plus substantiel ; il se composait en majeure partie de porc salé, mets en abomination au musulman ; pour se rafraîchir il puisa dans une gourde de cuir un liquide qui n'avait qu'un ressemblance lointaine avec celui que fournissait la fontaine. Il montra plus d'appétit et but avec plus de satisfaction apparente qu'il ne convenait, selon ce que croyait le sarrasin, dans l'accomplissement d'une simple fonction animale, et le mépris qu'en secret, comme disciples d'une religion adverse, ils professaient l'un pour l'autre ne fit que s'accroître par leur façon de se rassasier ; mais ils avaient mutuellement senti la valeur de leur bras et le respect qu'ils en avaient conçu l'un pour l'autre l'emportait sur toute autre considération. Le sarrasin cependant ne put s'empêcher de faire connaître ce qui lui déplaisait dans les manières et la conduite du chevalier et après qu'il eut observé en silence durant quelques minutes l'appétit qui prolongeait le repas du chevalier bien au-delà du sien il s'adressa à lui en ces termes :

— Brave Nazaréen convient-il que celui qui peut se battre comme un homme se nourrissent comme un chien ou comme un loup ? Le juif mécréant lui-même frémissait à la vue de la nourriture que tu sembles dévorer avec autant de délices que s'il s'agissait des fruits des arbres du Paradis.

— Brave Sarrasin, répliqua le chrétien non sans témoigner de la surprise de cette accusation inattendue, sache que j'exerce mon privilège de chrétien en usant de ce qui est défendu aux juifs, eux qui se croient encore sous la loi de Moïse. *Ave Maria!* nous avons un meilleur guide. Et comme pour défier les scrupules de son compagnon, il acheva un court *benedicite* en absorbant une longue gorgée du liquide contenu dans la gourde. — Est-cela que vous appelez un privilège, continua le sarrasin : non content de vous nourrir comme des animaux, vous vous dégradez encore en vous abreuvant d'une liqueur empoisonnée dont eux-mêmes ne voudraient pas. — Sache, ignorant Sarrasin répondit le chrétien sans hésitation, que tu blasphèmes les dons de Dieu dans les mêmes termes que ton père Ismaël. Le jus de la grappe est donné à celui qui en use sagement pour réjouir son cœur lorsqu'il est fatigué, le fortifier lorsqu'il est malade, le consoler dans la tristesse

Celui qui en jouit de cette façon peut autant remercier Dieu pour son gobelet de vin que pour son pain quotidien ; mais celui qui abuse du don céleste n'est pas un plus grand insensé que celui qui s'en abstient comme toi. — L'œil pétillant du sarrasin s'éclaira d'une flamme de colère et il porta instinctivement la main à son poignard. Ce ne fut qu'un accès d'irritation momentané qui disparut au souvenir de la lutte acharnée qu'il avait eue à soutenir avec son compagnon. Il jugea donc plus prudent de continuer la discussion en paroles.

— Tes paroles ô Nazaréen, dit-il, pourraient exciter la colère, si ton ignorance ne réclamait pas la pitié, ne vois-tu pas que cette liberté dont tu te vantes est restreinte dans ce qu'il y a de plus cher à l'homme dans sa vie privée ; que ta loi si tu la pratique, te lie par le mariage à une seule compagne, qu'elle soit malade ou bien portante, stérile ou féconde, qu'elle t'apporte la joie ou la tristesse. Voilà ce que j'appelle être esclave. C'est seulement aux vrais fidèles que le prophète a assigné le privilège dont jouissaient les patriarches, notre père Abraham et Salomon le plus sage des hommes ; car ici-bas un choix de beautés au gré de vos désirs et au delà de la tombe les houris aux yeux noirs du Paradis. — Par le nom de Celui que je révère dans le ciel, par celle que j'adore sur la terre, tu n'es qu'un infidèle livré à l'erreur ! Ce cachet formé d'un seul diamant que tu portes à ton doigt tu y attaches sans doute une grande valeur. — Balsova et Bagdad n'en pouvaient monter de semblables, mais je ne vois pas bien le rapport... — Tu vas le voir bientôt reprit le Franc. Prends ma hache d'armes et brise ce diamant en vingt morceaux. Un de ces morceaux vaudrait-il autant que la pierre précieuse, ou bien, tous réunis, équivaudraient-ils à la dixième partie de sa valeur. — Question d'enfant ! répondit le sarrasin, les fragments réunis d'une telle pierre ne vaudraient pas la centième partie du prix du diamant pris dans son entier.

— Sarrasin, reprit alors le chrétien, l'amour qu'un vrai chevalier voue à une beauté fidèle est le diamant entier ; l'affection que tu disperses parmi tes femmes à demi-esclaves n'a pas plus de prix que les débris étincelants du diamant réduit en mille morceaux.

— Par la sainte Caaba ! répartit l'émir examine la chose de plus près. Cette bague perdrait la moitié de sa valeur si le cachet n'était entouré de ces autres brillants qui le font ressortir. La pierre du diamant, c'est l'homme fort, résolu, dont la valeur ne dépend que de lui-même. Ce cercle de joyaux moins précieux ce sont les femmes qui empruntent son lustre, qu'il leur départit selon son plaisir. Qu'on enlève le diamant du cachet, il conserve toujours sa valeur, tandis que les autres petites pierres sont comparativement de peu de valeur, car comme le dit le poète : « c'est la faveur de l'homme qui donne à la femme son éclat et sa grâce, de même que le ruisseau cesse d'étinceler dès que le soleil cesse de briller. » — Sarrasin, répliqua le croisé, tu parles comme un homme qui n'a jamais vu une femme digne de l'amour d'un soldat. Crois-moi, si tu pouvais contempler une de ces femmes d'Europe auxquelles nous autres chevaliers nous vouons, après Dieu, foi et hommage, tu n'aurais plus que mépris et adversion pour les esclaves de ton harem. — J'ai déjà entendu parler de cette manie si fréquente parmi les guerriers de l'occident et je l'ai toujours considérée comme un des symptômes de cette même folie qui vous mène à la conquête d'un sépulcre vide. Mais tous les Francs que j'ai rencontrés m'ont tellement loué la beauté de leurs femmes que je serais ravi de contempler de mes yeux ces charmes qui peuvent transformer des guerriers aussi braves en simples instruments de leur volonté.

— Vaillant Musulman, dit alors le chevalier, si je n'avais entrepris un pèlerinage au Saint-Sépulcre, c'aurait été ma joie de te conduire au camp de Richard d'Angleterre, qui sait mieux que personne honorer un noble ennemi ; bien que pauvre, bien qu'aucune suite ne m'accompagne, j'ai pourtant assez de crédit pour t'assurer non seulement une parfaite sécurité, mais encore un accueil plein de respect et d'estime. Là tu verrais un petit cercle de femmes, beautés de France et d'Angleterre, dont l'éclat excède dix mille fois celui des mines de diamants pareils à celui que tu portes. — Par la pierre de la Caaba j'accepterais ton invitation avec autant de simplicité qu'elle m'a été offerte si tu voulais ajourner ton voyage ; mais crois-moi, brave nazaréen il serait mieux pour toi de tourner la tête de ton coursier vers le camp des croisés, car c'est exposer témérairement sa vie que d'entreprendre un voyage à Jérusalem sans un passeport. — J'en possède un répondit le chevalier, en tirant de son sein une feuille de parchemin, et il porte le sceau et la signature de Saladin. — Le Sarrasin inclina sa tête jusqu'à terre en reconnaissant le sceau et l'écriture du célèbre Sultan d'Egypte et de Syrie ; puis, ayant baisé le document avec les marques du plus profond respect, il le pressa contre son front ; il le rendit alors au chrétien en disant : — Téméraire ! tu as péché contre ton sang et contre le mien en ne me montrant pas plus tôt ce parchemin. — Tu vins la lance en avant, répondit le chevalier; si une troupe de Sarrasins m'avait attaqué, mon honneur aurait pu exiger que je leur montrasse le passeport du sultan, un seul homme jamais. — Bien m'en a pris, dit le Sarrasin, de n'avoir point réussi à te tuer, alors que tu portais dans ton sein le laisser-passer du Roi des Rois. La corde ou le sabre m'aurait fait payer un tel forfait. — Je suis heureux d'apprendre l'efficacité de son influence, poursuivit le chevalier, car on m'a dit que la route est infestée de tribus d'Arabes voleurs, qui ne redoutent rien pour arriver à leurs fins ; mais mon vœu est inscrit au ciel et quoi qu'il arrive, je l'accomplirai. Je te serais reconnaissant de m'indiquer où je pourrai me reposer ce soir. — Ce sera, si tu le veux, à l'ombre de la tente de mon père. — Je dois passer cette nuit en prière et en pénitence auprès d'un saint homme, Théodoric d'Engaddi, qui a sa demeure au sein de ce désert et consacre sa vie au service de Dieu. — Tu me permettras au moins de t'y mener sain et sauf. — Ce serait une compagnie bien agréable, répondit le chrétien, mais elle pourrait mettre en danger la sécurité du bon père, car la main cruelle de votre peuple s'est vengée du sang des serviteurs du Seigneur; et c'est pour rendre libre la route du Saint-Sépulcre et pour protéger les saints et les anachorètes qui habitent encore cette terre de promesses et de miracles que nous sommes venus dans ce pays, bardés de fer, armés de lances et d'épées. — Nazaréen, répliqua le musulman, les grecs et les syriens nous ont beaucoup calomniés, car nous ne faisons en ceci que suivre les instructions d'Abou-Bekr El-Sidik, le successeur du Prophète et, après lui, le premier commandeur de tous les vrais croyants : « Allez » dit-il à Yezed ben Abi Sophian lorsqu'il envoya ce célèbre Général ravir la Syrie aux infidèles, « allez et conduisez-vous comme des hommes dans le combat, mais ne tuez ni les vieillards, ni les infirmes, ni les femmes, ni les enfants. Ne ravagez pas la terre ; ne détruisez ni le blé, ni les arbres fruitiers, ce sont les dons d'Allah. Tenez tout ce que vous avez promis, même si c'est à votre détriment. Si vous trouvez de saints hommes labourant la terre de leurs mains et servant Dieu, ne leur faites aucun mal et ne détruisez point leurs demeures, mais quand vous en rencontrerez d'autres avec la tête tonsurée, ceux-là appartiennent à la synagogue de Satan ; point de pitié pour eux, tuez-les ! ne cessez point de les poursuivre jusqu'à ce qu'ils soient devenus de vrais croyants ou paient le tribut. » Tel le Calife nous a dit, tel nous avons fait et ce sont seuls les prêtres de Satan que notre justice à frappés, mais nous protégeons ces bons vieillards qui, sans soulever nation contre nation, professent sincèrement le culte d'Issa ben Miriam (1). Celui que tu cherches est de ce nombre : aussi, bien que la lumière du Prophète ne l'ait pas atteint, il n'aura de moi qu'affection, égards et respects. — L'ermite que je vais visiter n'est pas un prêtre ; mais en fut-il un, j'éprouverais ma bonne lance contre tout infidèle... — Que sert nous défier, interrompit le Sarrasin, nous trouverons l'un et l'autre assez de francs et de musulmans sur qui exercer notre épée et notre lance. Ce Théodoric est protégé à la fois par le turc et par l'arabe et bien que par intervalles, ses façons soient des plus étranges, cependant au total il se comporte si bien selon les maximes de son propre prophète, qu'il mérite d'être protégé par celui qui fut envoyé... — Par notre Dame, infidèle, si tu oses encore nommer dans la même phrase le conducteur de chameaux de la Mecque et...

Un mouvement électrique de colère secoua le corps de l'Emir, mais il ne fut que momentané, et c'est avec calme qu'il interrompit son compagnon, sur un ton

(1) Jésus fils de Marie (en arabe).

plein de dignité et de bon sens : — N'outrage point celui que tu ne connais pas, car nous, au moins, nous vénérons le fondateur de ta religion, tout en condamnant la doctrine que vos prêtres lui ont prêtée. Je te conduirai moi-même à la caverne de l'ermite, que sans mon secours, tu aurais quelque difficulté à trouver. En attendant, laissons au mollahs et aux moines les discussions religieuses, parlons de sujets qui intéressent de jeunes guerriers, de combats, de beautés enchanteresses, de bonnes épées et d'armures éclatantes.

II

Avant de remonter en selle, le chevalier chrétien humecta de nouveau ses lèvres et plongea les mains dans la fontaine d'eaux vives qui rafraîchissait l'oasis. Puis se retournant vers son compagnon de route : — J'aimerais savoir le nom de cette délicieuse fontaine, afin que je puisse le graver dans ma mémoire, car jamais eau n'a étanché si délicieusement ma soif brûlante. — Les Arabes la nomment, répondit le Musulman : Le Diamant du Désert. — Et jamais nom n'a été donné mieux à propos, poursuivit le chrétien. Mes vallées natales ont des milliers de fontaines, mais aucune ne me rappellera un si doux souvenir que cette source solitaire qui dispense ses trésors liquides là où ils sont non-seulement délicieux mais en quelque sorte indispensables.

Ils sautèrent sur leur monture et pendant quelque temps poursuivirent leur route. Le sarrasin, qui remplissait l'office de guide, observait avec un soin minutieux la chaîne de rochers dont ils se rapprochaient graduellement. Il paraissait aussi absorbé dans sa tâche qu'un pilote qui conduit un navire à travers les écueils d'un étroit chenal. Mais ils n'avaient pas parcouru une demi-lieue qu'il parut sûr de sa route et disposé, avec plus de liberté qu'il n'était coutume parmi les hommes de sa nation, à entamer la conversation avec le croisé.

— Tu m'as demandé le nom, lui dit-il, d'une fontaine qui n'a que l'apparence de la vie. Pardonne-moi si je te demande celui du guerrier avec lequel je me suis mesuré et près duquel je me suis reposé : c'est un nom que je ne puis croire inconnu même au sein des déserts de la Palestine. — Il ne mérite pas encore d'être cité, répondit le chrétien ; sache cependant que parmi les soldats de la Croix on me connaît sous le nom de Kenneth, le chevalier du Léopard. Dans mon pays, j'ai d'autres titres, mais ils sonneraient désagréablement à l'oreille d'un oriental. Brave sarrasin, laisse-moi te demander à ton tour à quelle tribu tu appartiens et sous quel nom tu es connu. — Sire Kenneth, dit le Musulman, je me réjouis de pouvoir prononcer votre nom si facilement. Je ne suis pas un Arabe, bien que je descende d'une race non moins guerrière et non moins ancienne. Sache, noble chevalier, que je m'appelle Shirkohf, le lion de la Montagne, et que le Kurdistan d'où je tire mon origine ne contient pas de famille plus noble que celle de Sildjouk. — J'ai entendu dire, poursuivit le chrétien, que votre grand Sultan a puisé son sang dans la même source. — Grâces soient rendues au prophète qui a daigné honorer nos montagnes en faisant sortir de leur sein celui dont le nom signifie victoire. Je ne suis qu'un ver de terre devant le Roi d'Egypte et de Syrie, mais dans ma patrie mon nom a quelque retentissement. Etranger, avec combien d'hommes es-tu venu prendre part à cette guerre ? — Avec l'aide d'amis et de parents, j'ai eu mille peines à fournir dix lances convenablement équipées, ce qui peut au total former une cinquantaine d'hommes, archers et varlets compris. Les uns ont abandonné ma bannière, d'autres sont tombés sous les coups des ennemis, d'autres encore ont été terrassés par la maladie, et un fidèle écuyer, pour la vie duquel j'entreprends ce témoignage, est couché sur un lit de souffrances. — Chrétien, dit Shirkohf, j'ai cinq flèches dans mon carquois, renfermées avec les plumes d'un aigle. Lorsque j'envoie une de ces flèches vers mon camp, mille guerriers montent à cheval ; si j'en envoyais une autre, une force égale se mettrait en route : les cinq flèches feraient sauter en selle cinq mille hommes. A l'aspect de mon arc, dix mille cavaliers viendraient ébranler le désert. Et c'est avec tes cinquante partisans que tu es venu envahir une terre dont je suis un des seigneurs les plus chétifs. — Par le saint roseau, sarrasin, répliqua l'occidental, tu devrais te souvenir, avant de te vanter, qu'un gantelet d'acier peut écraser tout un essaim de frelons. — C'est vrai, mais il faut tout d'abord qu'il mette la main dessus, répondit le sarrasin avec un sourire qui aurait pu porter atteinte à l'alliance des deux guerriers, s'il n'avait pas changé de sujet en ajoutant : — Le courage est-il donc estimé à un tel degré parmi les princes chrétiens que, dépourvu d'hommes et de moyens, tu puisses m'offrir d'être mon protecteur et mon garant. — Sache, Sarrasin, que le titre de chevalier et un sang noble donnent le droit à celui qui les possède de se placer sur le même rang que les monarques, sauf, bien entendu, en ce qui concerne l'autorité et la puissance royale. Si Richard d'Angleterre lui-même blessait l'honneur d'un chevalier aussi pauvre que moi, les lois de la chevalerie lui interdiraient de me refuser le combat. — J'aimerais assister à un semblable spectacle où une ceinture de cuir et une paire d'éperons mettent sur un même rang le plus pauvre et le plus puissant. — Ajoutes-y un sang noble et un cœur intrépide, tu auras dit alors la vérité. — Et avez-vous un accès aussi libre auprès des femmes de vos chefs et de vos princes? — A Dieu ne plaise que le plus pauvre chevalier de la chrétienté n'ait la liberté, en tout honneur, de vouer sa main et son épée, la gloire de ses actions et l'idolâtrie de son cœur à la plus belle princesse dont le front ait jamais été ceint d'une couronne. — Il n'y a qu'un moment, tu décrivais l'amour comme le trésor le plus précieux du cœur; tu as sans doute donné le tien à quelque haute et puissante dame? — Étranger, dit le chrétien en rougissant, ce n'est pas imprudemment que nous disons où nous avons placé nos trésors les plus précieux ; qu'il te suffise donc de savoir que mon amour s'est donné comme tu le disais tout à l'heure, à un objet des plus nobles et des plus illustres : mais si tu veux entendre parler d'amour et de fait d'armes, rends-toi au camp des chrétiens : tu y trouveras de quoi exercer tes oreilles et, si tu le veux, ton bras. — Nous entendons parler beaucoup du Roi

Richard; dit le sarrasin, serais-tu l'un des sujets de ce roi insulaire ? — Je suis attaché à sa bannière et je m'honore d'être à son service : mais je ne suis pas son sujet, bien que né dans l'île où il exerce sa domination. — Que veux-tu dire, votre pauvre île compte-t-elle deux rois ? — Comme tu le dis, répondit l'Ecossais, car telle était la nationalité de sire Kenneth ; et bien que les habitants des deux extrémités de l'île soient fréquemment en guerre, cela ne les a pas empêchés de fournir, comme tu le vois, un corps de guerriers suffisant pour ébranler la puissance que ton maître a usurpée sur les villes de Sion.

Cependant, à mesure qu'ils s'avançaient, les lieux changeaient d'aspect. Tandis que le chevalier s'absorbait dans de pieuses méditations, frappé d'une terreur sacrée à la pensée que le sol qu'il foulait avait été témoin de la tentation du fils de l'Homme, que ce désert était celui où le Christ avait passé ses quarante jours de jeûne, le musulman, lui, récitait des poésies légères, et il ne craignit pas de chanter en hymne que Sire Kenneth reconnut être adressé à Ahriman, le Principe du Mal dans l'ancienne religion de la Perse.

Le soleil était arrivé à son couchant. Ils traversaient une épaisse forêt et bien que la lumière ne fût plus des plus vives, elle permit cependant au chevalier de s'apercevoir qu'ils n'étaient plus seuls, mais qu'ils étaient suivis par un personnage de grande taille et très maigre; son agilité à sauter par-dessus les buissons et les rochers, ainsi que son extérieur sauvage et hirsute rappelaient les fauves et les sylvains dont l'écossais avait vu les images dans les ruines des temples de Rome. L'honnête croisé n'avait jamais douté que ces dieux des païens ne fussent des démons, aussi n'hésita-t-il pas un moment à croire que les chants impies du Sarrasin n'eussent évoqué un esprit infernal. « Mais qu'importe, se dit le brave Kernneth, tombons sur le démon et ses adorateurs? » Il ne jugea pas cependant nécessaire d'avertir deux ennemis par un défi qu'il aurait certainement offert à un seul avant de commencer le combat. Sa main était déjà sur sa masse d'armes et l'imprudent sarrasin aurait pu payer de sa cervelle fracassée sa poésie mécréante, lorsque le chevalier fut empêché de commettre un acte qui aurait été une souillure dans ses armes. Au moment même où le musulman achevait son hymne, le mystérieux personnage, un homme de haute taille, couvert d'une peau de chevreau, s'élança au milieu du chemin, saisit dans chaque main une des rênes du cheval, attaquant ainsi de face et faisant reculer le noble animal. Celui-ci se cabra et finit par se rejeter en arrière sur son maître qui évita le danger de sa chute en se jetant légèrement de côté. L'assaillant délaissa alors la bride du cheval pour la gorge du cavalier ; il se jeta sur le sarrasin et, malgré sa jeunesse et son activité, le maintint sous lui et enlaça de ses longs bras ceux de son prisonnier, qui s'écria à demi-irrité, à demi-riant : — Hamako, fou que tu es ; cela dépasse ton privilège ; lâche-moi, te dis-je ou je prends mon poignard. — Ton poignard, chien d'infidèle, dit l'homme à la peau de chevreau, sers-t'en maintenant, si tu le peux. Au même instant il arrachait l'arme de la main de l'émir, et, la brandissant au-dessus de sa tête : — Au secours, Nazaréen ! s'écria Shirkohf, sérieusement alarmé, au secours, sinon ce fou va me tuer. — Te tuer ! répliqua l'habitant du désert, et tu l'aurais bien mérité par tes hymnes impies. — Qui que tu sois, dit alors le chevalier, en intervenant, bon et mauvais esprit, sache que j'ai juré d'être pour le moment le fidèle compagnon du sarrasin que tu tiens abattu. Je te prie donc de le laisser aller, sinon, je te livrerai combat. — Ce serait du beau pour un croisé. Pour un chien d'infidèle, combattre son frère en la foi ! Es-tu venu dans le désert pour combattre pour le croissant contre la Croix ? Voilà un digne soldat de Dieu qui écoute chanter les louanges du démon !

Tout en parlant, il s'était levé, permettant au sarrasin de se relever et lui rendant son kandjar : — Tu vois le danger où ta présomption t'a amené, continuait l'homme vêtu de peau de chèvre en s'adressant à Shirkohf, et comme ton habileté et ton agilité peuvent être réduites à néant si telle est la volonté du ciel. Prends donc garde, ô Ilderim ! Et sache que s'il n'y avait pas dans l'astre de ta naissance un point scintillant qui te promet une marque de la bonté et de la miséricorde du ciel lorsque le temps sera venu, nous ne nous serions pas séparés sans que j'eusse déchiré la gorge qui a proféré tout à l'heure de si odieux blasphèmes. — Hamako, *dit le sarrasin sans paraître montrer le* moindre ressentiment du langage et du traitement qu'il venait d'essuyer ; Hamako, mon bon Hamako, prends bien garde une autre fois de ne pas porter si loin l'exercice de tes privilèges, car tout en respectant, en bon musulman, ceux que le ciel a privé de la vulgaire raison pour les douer de l'esprit de prophétie, je n'aime pas qu'on porte la main ni sur la bride de mon cheval ni sur ma personne. *Dis donc tout ce que tu veux sans* avoir rien à craindre de mon ressentiment, mais rassemble assez de raison pour te convaincre que si tes violences se renouvelaient, je ferais voler la tête de tes maigres épaules.

— Je suis Théodoric d'Engaddi, s'écria celui que l'émir avait appelé Hamako. C'est moi le pèlerin du désert. C'est moi l'ami de la Croix, le fléau des infidèles, des hérétiques et des adorateurs du diable. Fuyez! Fuyez! Périssent Mahomet, Termagant et tous leurs sectateurs ! Et en prononçant ces paroles il tira de dessous son rude vêtement une sorte de fléau ou bâton garni de fer, qu'il agitait autour de sa tête avec une singulière dextérité. — Voilà ton saint ermite, dit le sarrasin en riant de l'étonnement qui se peignait sur les traits de sire Kermeth qui ne put s'empêcher de dire : — Mais c'est un fou. — Ce n'en est pas moins un bon saint, répliqua le musulman, qui croyait, comme tous les orientaux, que les insensés sont sous l'influence d'une inspiration directe. Sache, chrétien, que lorsqu'un œil est éteint, l'autre devient plus clairvoyant et que lorsqu'une main est coupée, celle qui reste devient plus vigoureuse: de même, lorsque notre raison est troublée ou détruite en ce qui concerne les choses humaines, notre perception des choses célestes en devient plus nette et plus parfaite.

La voix de l'ermite fit taire celle du sarrasin. — Je suis Théodoric d'Engaddi. C'est moi le flambeau du désert — le fléau des infidèles ! Le lion et le léopard seront mes compagnons et chercheront un abri dans ma cellule ; le chevreau ne craindra point leurs griffes... C'est moi la torche et le flambeau, *Kyrie Eleison*. Le Sarrasin parut mieux le comprendre. — Tu vois, dit-il au chrétien, qu'il s'attend à ce que nous le suivions dans sa cellule, qui est le seul endroit où nous puissions passer la nuit. C'est toi le léopard, de l'animal qui se trouve peint sur ton bouclier ; le lion, c'est moi, d'après mon nom : le chevreau, c'est lui-même à cause de la peau qui lui sert de vêtement. Ne le perdons cependant pas de vue, car il est aussi agile qu'un dromadaire. — Ce n'était pas une petite affaire de le suivre le long des précipices et des sentiers étroits et ce fut avec une joie non dissimulée qu'ils aperçurent le saint homme debout à l'entrée d'une caverne tenant à la main une grande torche qui consistait en un morceau de bois trempée dans du bitume, qui tout en jetant une lumière vive et flamboyante, émettait une forte odeur de soufre. Sans se laisser arrêter par cette vapeur suffocante, le chevalier descendit de cheval et pénétra dans la caverne qui ne semblait pas offrir grande place pour le logement. La cellule était divisée en deux parties, dans la première se trouvait un autel de pierres et un crucifix de roseaux : c'était là la chapelle de l'ermite. Ce fut dans cette caverne extérieure que le chevalier chrétien, non sans éprouver quelque scrupule à la vue des pieux objets qui l'entouraient, attacha son cheval et s'y prépara à passer la nuit, à l'imitation du sarrasin qui lui donna à entendre que telle était la coutume du lieu. L'ermite, lui, était des plus occupés à mettre sa cellule en ordre afin d'y introduire ses hôtes et c'est là où ils le rejoignirent. Une petite ouverture pratiquée à l'extrémité de la caverne extérieure, conduisait à la chambre à coucher de l'ermite, qui offrait plus de confort. A force de travail, le sol et les parois en avaient été aplanis ; du sable fin couvrait ce parquet improvisé, des fleurs et des herbes ornaient ces murs de roc. Deux torches de cire qu'alluma l'ermite donnèrent un air de gaîté à ce lieu que la fraîcheur et les émanations végétales qu'on respirait rendaient déjà délicieux. Dans un des coins de la grotte se trouvaient des instruments de travail ; dans un autre, une niche contenant une grossière statuette de la vierge. On y voyait aussi deux tables et une chaise qui paraissaient être l'ouvrage de l'anachorète, tant leur forme différait des meubles d'Orient. Sur la table se trouvaient des morceaux de viande séchée, arrangée de la manière la plus propre à exciter l'appétit de ses hôtes. Cette marque de politesse, bien que muette et exprimée par gestes, paraissait à sire Kenneth absolument incompatible avec la manière sauvage et violente dont le saint homme s'était comporté précédemment. Ses mouvements reflétaient maintenant le calme et un sentiment d'humilité religieuse empêchait seule ses traits amaigris de revêtir une expression noble et majestueuse.

Il parcourait sa cellule à grands pas, comme un homme qui semblait né pour gouverner ses semblables, mais qui avait abdiqué le sceptre afin de servir le ciel. Il faut de plus admettre que sa taille gigantesque, sa longue barbe, le feu de son regard perçant et énergique semblaient plutôt appartenir à un soldat qu'à un anachorète. Le Sarrasin lui-même considérait l'ermite avec une sorte de vénération et c'est tout bas qu'il murmura à Sire Kenneth : — Le Hamako se trouve maintenant dans un de ses meilleurs moments et il ne desserrera pas les dents que nous ayons mangé, tel est son vœu. Ce fut donc par geste que Théodoric invita l'Ecossais à prendre place sur l'une des chaises tandis que Shirkohf s'asseyait sur un coussin de nattes. L'ermite éleva alors les deux mains comme pour bénir les mets qu'il avait placés devant ses hôtes et ils se mirent à manger dans un profond silence. Cette gravité était naturelle au sarrasin et Sire Kenneth l'imita de son mieux, tout en réfléchissant à la singularité de sa situation et au contraste que présentait la conduite calme, reposée et solennelle de Théodoric avec les cris sauvages et les gesticulations furieuses dont ils avaient été gratifiés quelques instants auparavant.

Leur repas terminé, l'ermite, qui n'avait pas mangé lui-même un seul morceau, débarrassa la table des restes du repas ; il plaça ensuite devant le sarrasin un vase de sorbet et devant l'écossais un flacon de vin. — Buvez, mes enfants, dit-il et ces mots étaient les premiers qu'il eût prononcés. Buvez, les dons de Dieu sont faits pour qu'on en jouisse, à la condition de se souvenir de Celui qui les dispense.

Ceci dit, il se retira dans la cellule extérieure, probablement pour se livrer à ses dévotions et il laissa ses hôtes seuls. Sire Kenneth en profita pour tirer de l'Emir tout ce qu'il savait au sujet du singulier anachorète. Ce dernier ne put guère lui fournir d'autres renseignements que ceux-ci : Théodoric avait été jadis un guerrier brave et vaillant, sage dans ses conseils et heureux dans ses combats, ce qu'il ne lui était pas difficile de croire, d'après la force et l'agilité qu'il l'avait vu souvent déployer ; il s'était montré à Jérusalem non pas en pèlerin, mais en homme qui s'était voué à passer le reste de sa vie en Terre Sainte. Peu après, il avait fixé sa demeure parmi ces lieux sauvages, respecté par les latins à cause de son austère dévotion ; et par les Arabes et les Turcs à cause des marques de démence qu'il montrait et qu'ils attribuaient à l'inspiration divine. C'étaient ces derniers qui lui avaient donné le nom de Hamako, qui, en turc, signifie insensé. L'émir lui-même aurait été fort embarrassé de porter un jugement sur le personnage ; il paraissait avoir été un fameux docteur et il discourait des heures de suite sur la vertu et la sagesse sans montrer le moindre signe de dérangement d'esprit. D'autres fois, il devenait égaré et furieux, mais jamais il ne lui avait paru si dangereux que ce jour-là. Toute insulte à sa religion excitait sa colère ; on racontait que quelques Arabes errants s'étant mis un jour à ridiculiser son culte et ayant mutilé son autel, il les avait attaqués et tués avec son bâton ferré qui lui tenait lieu de toute arme ; cette histoire avait fait grand bruit et c'était tout autant la crainte du bâton de l'ermite que sa renommée de sainteté qui avait éloigné les tribus errantes de sa caverne et de sa chapelle. Sa renommée s'était étendue si loin que Saladin lui-même avait donné des ordres particuliers pour que sa personne fût respectée. Le Sultan lui-même, ainsi que d'autres musulmans d'un haut rang, lui avaient souvent rendu visite, mus tant par la curiosité que dans l'espoir d'obtenir de Hamako quelques révélations concernant leur avenir. L'ermite possédait, en effet, un *vachid* ou observatoire de grande élévation, disposition pour l'observation des corps célestes et du système planétaire à l'influence desquelles chrétiens et mulsumans étaient convaincus que le cours de la vie humaine était liée.

Ces renseignements ne satisfaisaient pas complètement Sire Kenneth, et il se demandait si ces accès de démence devaient être attribués au zèle excessif de l'ermite ou si ce n'était une ruse destinée à acquérir les immunités qu'elle procurait. Il lui paraissait cependant que les infidèles avaient fait montre envers lui d'une magnanimité sans exemple, vu le fanatisme des sectateurs de Mahomet. Il lui paraissait que l'ermite et le sarrasin se connaissaient d'une façon plus intime que les paroles de ce dernier avaient permis de le supposer ; il ne lui avait pas échappé non plus que l'ermite avait désigné l'émir par un nom différent de celui qu'il s'était donné. Si toutes ces remarques n'autorisaient pas le soupçon, elles recommandaient la prudence. Aussi se promit-il d'observer l'ermite avec attention et de ne pas trop se hâter de lui délivrer l'important message qu'on lui avait confié pour lui.

— Vaillant Sarrasin, lui dit-il, je pense que l'imagination de ce brave ermite s'égare aussi bien au sujet des noms que sur les autres points. Ainsi ton nom est Shirkohf et c'est sous un autre qu'il t'a désigné il n'y a qu'un moment. — Lorsque j'étais sous la tente de mon père, mon nom était Ilderim et c'est celui sous lequel beaucoup d'hommes me connaissent. Sur le champ de bataille et parmi mes soldats, je suis le Lion de la Montagne, car c'est là le nom que m'a acquis ma vaillante épée. Mais taisons-nous, voici le Hamako. Pour nous dire qu'il est temps de se livrer au repos. Je sais quelle est son habitude ; nul ne doit assister à ses veilles. L'anachorète entra alors et croisant ses bras sur sa poitrine il leur dit d'un ton solennel : — Béni soit le nom de Celui qui a fait succéder la paisible nuit au jour laborieux et qui a institué le sommeil afin de reposer l'esprit de son agitation et le corps de sa lassitude. Les deux guerriers répondirent : « Amen ! » et se levant de table se dirigèrent vers la couche que leur hôte leur indiqua d'un signe de la main, tandis que lui-même se retirait. Accablés par la fatigue du voyage, les deux guerriers furent bientôt profondément endormis.

*
* *

Après un sommeil dont il lui eût été impossible de déterminer la durée, Kenneth fut rappelé au sentiment par un sentiment d'oppression sur la poitrine qui lui suggéra d'abord un rêve passager dans lequel il s'imaginait lutter avec un puissant adversaire, mais ce sentiment se prolongeant, il finit par s'éveiller complètement. Ouvrant les yeux, il aperçut le visage de l'ermite qui tenait, debout devant lui, une petite lampe d'argent, — Silence, dit l'ermite au chevalier qui le considérait avec surprise, j'ai des choses à te dire que cet infidèle ne doit pas entendre.

Il prononça ces mots en français et non en langue franque, sorte de patois composé de dialectes européens et orientaux, dont les trois interlocuteurs s'étaient servis jusqu'ici. — Lève-toi, poursuivit-il, mets ton manteau. Ne dis pas une parole, mais marche d'un pas léger et suis-moi. Sire Kenneth se leva et prit son épée. — Inutile, murmura l'ermite, là où nous nous rendons les armes spirituelles sont d'une grande valeur, mais les armes charnelles ne valent pas davantage que de frêles roseaux. — Le chevalier déposa son épée au chevet de son lit et armé seulement de son poignard qui ne le quittait jamais dans ces contrées, il suivit son mystérieux guide, se demandant si tout ce qui se passait n'était pas la continuation de son rêve. Ils passèrent comme des ombres devant l'émir encore profondément endormi. Devant la croix et l'autel de la caverne extérieure une lampe brûlait encore ; on y voyait un missel ouvert et sur le sol gisait une discipline de cordes et de petites chaînes de fer, fraîchement teintes de sang. Théodoric s'agenouilla et fit signe au chevalier de se placer près de lui sur le sol inégal dont les aspérités semblaient avoir pour but de rendre la position du suppliant aussi désagréable que possible ; il lut plusieurs prières et chanta, d'une voix basse mais d'un ton convaincu, trois des psaumes de la pénitence qu'il entremêla de pleurs, de soupirs et de sanglots convulsifs. L'Ecossais qui avait suivi avec une profonde sincérité ses actes de dévotion, voyait se transformer complètement son opinion à l'égard de l'ermite et il se demandait si la sévérité de sa pénitence et la ferveur de ses prières ne devaient pas le lui faire plutôt considérer comme un saint. Aussi, quand ils se relevèrent, Kenneth se tenait devant lui comme un disciple devant un maître révéré. De son côté, l'ermite demeura silencieux l'espace de quelques minutes.

— Ouvre ce placard, mon fils, dit-il en lui indiquant du doigt le coin le plus reculé de la cellule. Tu y trouveras un voile que tu m'apporteras. Le chevalier obéit et dans une petite ouverture pratiquée de creux du rocher et fermé par une porte de jonc, il trouva le voile demandé. Lorsqu'il l'amena à la lumière, il découvrit qu'il était déchiré et souillé en plusieurs endroits d'une substance noirâtre. L'anachorète le contempla avec une émotion profonde mais contenue qu'il exhala dans un soupir convulsif.

— Tu vas maintenant contempler le plus riche trésor que la terre possède, dit-il enfin. Malheur à moi dont les yeux sont indignes de s'élever vers lui. Hélas ! je ne suis que l'enseigne vile et méprisée qui indique au voyageur lassé le port de la sécurité et du repos, dans lequel il m'est interdit de trouver du repos pour moi-même. C'est en vain que j'ai fui au sein des rochers et dans les profondeurs du désert. Mon ennemi m'y a rejoint; celui même que j'ai abjuré m'a poursuivi dans ma retraite. — Il s'arrêta un instant, puis se tournant vers le chevalier il lui dit d'un ton plus ferme : Vous m'apportez le salut de Richard d'Angleterre? — Je viens de la part du conseil des Princes chrétiens, répondit le chevalier, mais le roi d'Angleterre étant indisposé, Sa Majesté ne m'a pas honoré de ses ordres. — Votre gage ? Sire Kenneth hésita... mais comment soupçonner un homme dont les allures respiraient une telle sainteté. — Mon mot de passe, dit-il enfin, c'est : *Les rois ont demandé l'aumône à un mendiant*. — C'est cela, dit l'ermite, je vous connais bien, mais la sentinelle qui est à son poste, et le mien est important, crie : Qui vive ? à l'ami comme à l'ennemi. Il prit alors la lampe et ils partirent. Ils repassèrent devant le musulman, encore endormi profondément. L'homme de Dieu s'arrêta et le considéra attentivement. — Il dort, dit-il à voix basse. Il dort dans les ténèbres, mais l'aurore luira aussi pour lui. O Ilderim, tes pensées sont aussi folles et aussi vaines que les visions qui assiègent ta couche, mais la trompette retentira et le songe s'évanouira. Ce disant et faisant signe au chevalier de le suivre, l'ermite se dirigea vers l'autel, et passant derrière ce monument d'une piété sincère, il pressa un ressort qui, fonctionnant sans bruit, découvrit une petite porte de fer pratiquée dans une des parois de la caverne, que l'œil le plus exercé aurait eu de la peine à découvrir avant d'ouvrir complètement la porte; l'anachorète versa un peu de l'huile de la lampe sur les gonds de la porte qui donnait accès sur un escalier taillé dans le roc.

— Prends le voile, ordonna Théodoric d'un accent rempli de tristesse, et étends-le sur mes yeux, car je ne puis regarder sans péché et sans présomption le trésor qu'il t'est donné de contempler. Sans répondre un mot, le chevalier enveloppa la tête de l'ermite dans le voile en question et ce dernier se mit à descendre l'étroit escalier d'une façon qui indiquait qu'il en avait assez l'habitude pour se passer de lumière. L'écossais descendit de nombreuses marches, aboutissant à une petite cave de forme irrégulière : dans l'un des coins se terminait l'escalier, dans le coin opposé apparaissait un second escalier. Dans un troisième angle se trouvait une porte gothique, d'aspect massif, bardée de fer et ornée d'énormes clous. L'ermite s'y dirigea d'un pas chancelant. — Enlève tes souliers, dit-il au chevalier, le sol que tu foules est sacré. Bannis de ton cœur toute pensée profane et charnelle ; en avoir de pareilles dans un tel lieu serait une mortelle impiété. Sire Kenneth se déchaussa et sur l'ordre de Théodoric frappa trois coups à un guichet pratiqué dans la porte. Celle-ci s'ouvrit spontanément, du moins le croisé ne vit personne, et une bouffée composée de lumière et des parfums les plus riches assaillit ses sens. Il recula instinctivement en arrière et il s'écoula bien une minute ou deux avant qu'il se fût remis de l'éblouissement qui l'avait saisi. En pénétrant dans la salle d'où était sortie cette lueur stupéfiante, il s'aperçut qu'elle provenait d'une foule de lampes d'argent, remplies de l'huile parfumée la plus pure, et suspendues au moyen de chaînes d'argent au toit d'une petite chapelle gothique taillée à même dans le roc comme toutes les chambres qu'il avait parcourues jusqu'alors. Mais au lieu d'être travaillée rudement et grossièrement, cette partie du roc était taillée avec un tel art et un tel goût que les plus habiles architectes avaient dû s'y exercer. Six colonnes artistement taillées soutenaient de chaque côté le toit dont nous avons parlé et correspondant à chacune des colonnes, douze niches s'ouvraient dans la paroi, contenant chacune l'image d'un apôtre. Les colonnes, les arches qui les reliaient entre elles, les niches, tout, en un mot, appartenait au style architectural le plus pur.

A l'extrémité orientale de la chapelle se trouvait l'autel. Immédiatement derrière, un superbe rideau de soie richement brodée d'or, recouvrait une armoire dans laquelle était sans doute renfermée une image ou une relique vénérable, en l'honneur de laquelle cette chapelle avait été érigée. Dans cette idée, le chevalier s'approcha de de la châsse et s'agenouilla ; mais le rideau en se soulevant, il ne vit ni comment ni par qui, troubla ses dévotions ; dans la niche ainsi mise à jour, il aperçut un coffret d'argent et d'ébène, offrant la forme d'une église gothique en miniature, et muni d'une porte à deux battants. Sire Kenneth contemplait avec curiosité ce coffret dont la double porte s'ouvrant découvrit un morceau de bois de grande dimension sur lequel se détachaient les mots *vera crux*... en même temps un chœur de femmes entonna le *Gloria Patri*. Aussitôt l'hymne terminée, le coffret se referma, le rideau tiré de nouveau et l'écossais agenouillé à l'autel put continuer en paix ses dévotions. A la fin, il chercha des yeux celui qui l'avait introduit dans ce lieu sacré et mystérieux. Il l'aperçut la tête encore ensevelie dans le voile qui l'entourait, étendu sur le seuil de la chapelle qu'il n'osait apparemment pas franchir. Sa posture, qui exprimait l'adoration la plus vraie et le repentir le plus sincère, était celle d'un homme courbé à terre sous le poids de ses sentiments intérieurs. L'écossais s'approcha de lui, mais l'ermite, comme s'il avait pénétré son dessein, lui répondit d'une voix qui semblait sortir du linceuil d'un cadavre : « Demeure ! Demeure ! Heureux es-tu de pouvoir rester là ; la vision n'est pas encore terminée. » Sur ces mots, il se leva et disparut en fermant au moyen d'un ressort la porte de la chapelle qui se confondait si bien avec la paroi que Kenneth ne pouvait guère reconnaître où se trouvait l'ouverture. Il se trouvait seul dans la chapelle illuminée par les lampes sans nombre, sans autres armes que son poignard, sans autre compagnon que ses pensées pieuses ou son courage indomptable.

Incertain de ce qui allait arrivé, mais résolu à observer le cours des événements, l'écossais parcourut la chapelle de long en large jusqu'aux toutes premières lueurs de l'aurore. A ce moment il entendit, sans pouvoir découvrir de quel lieu il provenait, le son de la clochette qui marque l'é ivation de l'hostie. L'heure et le lieu lui prêtaient une telle solennité que, tout brave qu'il fût, le chevalier se retira dans l'angle le plus éloigné de la chapelle, afin d'observer sans interruption les conséquences du signal qui venait de retentir.

Son attente ne fut pas de longue durée, le rideau de soie s'entr'ouvrit et la précieuse relique fit de nouveau son apparition. A peine s'était-il agenouillé dévotement qu'il entendit un chœur de femmes chanter les Matines. Il s'aperçut bientôt que les voix se rapprochaient et augmentaient en intensité; une porte s'ouvrit aussi imperceptible que celle qui lui avait livré passage et les accents du chœur retentirent avec une force décuplée sous les voûtes de la chapelle. Une procession finalement y pénétra. Quatre jeunes garçons, d'une beauté merveilleuse, firent leur apparition; leur teint, bronzé comme celui des orientaux, formait un contraste des plus frappants avec leurs tuniques d'une blancheur de neige. Les deux premiers portaient des encensoirs, les deux qui les suivaient immédiatement jonchaient le sol de fleurs. Ces jeunes garçons étaient suivis des femmes qui composaient le chœur : six d'entre elles, à leurs noirs scapulaires et à leurs voiles noirs, retombant sur leurs blanches robes, paraissaient être des religieuses professes de l'ordre du Mont-Carmel, tandis que les six autres étaient reconnaissables, à leurs voiles blancs, pour des novices ou des locataires passagers du cloître; les premières tenaient en leurs mains de grands rosaires, tandis que les novices qui les suivaient portaient chacune un chapelet de roses blanches et de roses rouges. Elles firent en procession le tour de la chapelle, sans paraître prêter la moindre attention à Sire Kenneth, quoiqu'elles passassent si près de lui que leurs robes le frôlaient; à l'ouïe de leurs chants, le chevalier ne douta pas qu'il se trouvait dans un de ces cloîtres où de nobles vierges chrétiennes se consacraient au service de l'Eglise. Cependant, tout en se faisant ces réflexions, la solennité du lieu et de l'heure, l'apparition soudaine de ces religieuses, la façon dont elles passaient devant lui, qui tenait plus de la vision que de la réalité, tout cela exerçait une telle influence sur son imagination qu'il avait de la peine à voir des créatures humaines dans la procession qui défilait devant ses yeux; elle lui paraissait plutôt un chœur d'êtres surnaturels rendant hommage à l'objet de toutes les adorations. La lumière mystérieuse et voilée des lampes ainsi que les nuages d'encens qui épaississaient l'atmosphère, tout concourait à donner cette idée de ces êtres qui semblaient glisser bien plus que marcher.

Mais en faisant une seconde fois le tour de la chapelle, une des vierges au voile blanc détacha, en passant devant lui, un des boutons de rose de son chapelet qui tomba peut-être par hasard sur le pied de sire Kenneth. Le chevalier tressaillit comme si un trait l'eût frappé, car lorsque l'âme est parvenue à un tel degré de sentiments et d'attente, le moindre incident imprévu fait franchir toutes les limites à l'imagination. Il maîtrisa rapidement son émotion en se rappelant combien cette circonstance était insignifiante en elle-même et se dit que l'uniformité monotone des mouvements des choristes l'avait seule rendue remarquable. Néanmoins, lorsque la procession, pour une troisième fois, revint sur ses pas, la pensée et les yeux de Kenneth se fixèrent sur celle des novices qui avait jeté le bouton de rose. Elle ressemblait exactement aux autres par la tournure, l'apparence et la taille, et cependant le cœur de notre chevalier bondissait comme s'il eût voulu s'échapper de sa poitrine et cette sympathie instinctive lui apprit que la jeune vierge qui se tenait du côté droit sur le second rang des novices lui était plus chère, non-seulement que toutes celles qui étaient présentes, mais encore que tout le reste de son sexe. La passion romanesque de l'amour telle qu'elle était encouragée et même prescrite par les lois de la chevalerie, s'accordait très bien avec la dévotion non moins romanesque de ces temps-là : ces deux sentiments concourraient donc à se fortifier plutôt qu'à se combattre. Ce fut donc avec une ardeur qui avait quelque chose de religieux que l'écossais, en proie à des sensations qui ébranlaient son être tout entier, attendit un second signe de celle dont il s'imaginait fortement avoir été distingué. Le court intervalle qui s'écoula avant que le cortège eût achevé le tour de la chapelle parut un siècle à sire Kenneth. A la fin, celle qu'il suivait des yeux avec une si grande attention, s'approcha ; à vrai dire, il n'existait aucune différence entre cette figure voilée et les autres dont elle suivait avec une parfaite harmonie tous les mouvements ; mais arrivée pour la troisième fois auprès du chevalier agenouillé, une petite main, dont les proportions exquises étaient de nature à donner la plus haute idée de la perfection des formes de la personne, sortit des plis de la gaze, comme un rayon de lune des nuages floconneux d'une nuit d'été et un nouveau bouton de rose tomba aux pieds du chevalier du Léopard.... Cette fois-ci, ce ne pouvait être accidentel.... Ce n'était pas non plus un pur effet du hasard, la ressemblance de cette petite main fine et délicate avec une autre que ses lèvres avaient pressée une seule fois, tandis qu'en son cœur il faisait secrètement le vœu d'une fidélité éternelle envers celle à qui elle appartenait. Il en avait encore une autre preuve dans la présence du rubis précieux qui ornait ce doigt de neige, joyau dont sire Kenneth aurait moins prisé la valeur que le plus petit signe de ce doigt : et toute voilée qu'était la jeune vierge, le hasard ou sa bonne étoile lui avait permis d'apercevoir une boucle détachée de ces tresses d'ébène dont un seul cheveu lui était cent fois plus précieux que la plus belle chaîne d'or massif. C'était la dame de ses pensées ! Mais comment se trouvait-elle là ? dans ce lieu lointain et sauvage, parmi ces femmes consacrées au Seigneur. Ce devait être un rêve, une illusion trompeuse de son imagination. Pendant que ces pensées se heurtaient tumultueusement dans le cerveau du croisé, la procession sortit par où elle était entrée. Les jeunes acolytes, les religieuses voilées de noir disparurent successivement : celle dont le chevalier avait reçu ce gage de souvenir dut s'éloigner à son tour ; mais en sortant elle fit un léger mouvement de tête vers l'endroit où Kenneth se tenait immobile comme une statue. Il suivit des yeux les dernières ondulations de son voile, les plis disparurent aussi et l'âme du chevalier se trouva plongée dans une obscurité aussi profonde que celle qui frappa soudainement ses sens extérieurs ; car à peine la dernière choriste eut-elle franchi le seuil de la porte qu'elle se referma avec bruit, les voix se turent soudainement, les lampes s'éteignirent brusquement et notre héros se retrouva seul et environné de ténèbres. Mais que lui importaient la solitude, l'obscurité et l'incertitude de sa mystérieuse situation? Il n'y pensa même pas. Il ne songea plus qu'à la vision fugitive qui venait de lui apparaître et aux marques de faveur qu'elle lui avait laissées. Ramper sur le sol pour retrouver les roses que sa main y avait jetées, les presser sur son sein, sur ses lèvres, couvrir de baisers les froides pierres qu'elle venait de fouler ; se livrer à toutes les folies qu'une passion violente dicte à ceux qui s'y abandonnent, notre brave croisé n'eut garde d'omettre un seul de ces gages d'un amour passionné, gages d'ailleurs communs à tous les siècles.

*
* *

Le silence et les ténèbres régnaient maintenant dans la chapelle où nous avons laissé le chevalier du Léopard agenouillé. Sa sécurité, sa destinée qui en général ne l'inquiétaient que fort peu, n'avaient plus maintenant la plus légère des places dans ses réflexions. Il se savait dans le voisinage d'Edith, car telle était le nom de sa beauté, il avait reçu des gages de son attention, il se trouvait en outre dans un lieu consacré par la plus sainte des reliques ; dans de pareilles circonstances, un croisé sincère et un amant dévoué ne pouvait plus rien redouter ni nourrir d'autres pensées que celles ayant trait à ses devoirs envers le ciel et envers sa dame. Au bout d'une heure environ, on entendit retentir dans la chapelle un coup de sifflet strident ; un pareil son s'accordait mal avec la sainteté du lieu et cet événement rappela à sire Kenneth combien il était nécessaire qu'il se tînt sur ses gardes. Il se releva donc et saisit son poignard ; une espèce de craquement, semblable à celui de vis ou de poulies en mouvement, succéda au coup de sifflet, et un rayon de lumière émanant du sol indiqua qu'on venait d'ouvrir une trappe. Quelques secondes après, un long bras, mi-nu, mi-vêtu d'une sorte de manche en soie rouge émergea de l'ouverture, tenant une lampe qu'il élevait le plus tôt possible et le personnage auquel ce membre appartenait monta pas à pas l'escalier qui venait de découvrir la trappe. L'être qui fit son apparition avait le visage et la forme d'un nain hideux : sa tête énorme était couverte d'un bonnet fantastiquement orné de trois plumes de paon ; il était vêtu d'une robe de soie rouge, dont la richesse rendait encore plus apparente sa laideur, retenue par une ceinture en soie blanche, d'où sortait, à demi caché, un poignard à manche d'or. Ce singulier personnage tenait un balai à la main. Dès qu'il eut atteint le sol de la chapelle, il s'arrêta, et comme s'il eût voulu se montrer plus distinctement, il promena lentement devant lui la lampe qu'il tenait à la main, éclairant successivement ses traits sauvages et grotesques, et ses membres nerveux bien que difformes. Le nain siffla de nouveau et un compagnon répondit à son appel. Ce fut le bras d'une femme, cette fois-ci, qui émergea, la lampe à la main, de l'escalier souterrain ; ce fut aussi une figure de femme, offrant une grande ressemblance avec la première par la taille et les proportions, qui fit lentement son apparition. Sa robe était également en soie rouge, coupée et ornée de figures fantastiques, comme s'il eut dû figurer sur quelque estrade de mimes. Comme son prédécesseur, elle promena la lampe le long de son visage et de sa personne qui semblait rivaliser de laideur avec l'autre nain. Malgré cet extérieur défavorable, un trait de la physionomie des deux grotesques personnages semblait indiquer l'intelligence et la vivacité à un degré très prononcé : leurs yeux, enfoncés dans une forêt de noirs sourcils, brillaient d'un éclat pareil à ceux d'un reptile et semblaient compenser la laideur de leurs visages et de leurs personnes.

La stupeur avait cloué sire Kenneth sur place ; le couple difforme s'étais mis à l'œuvre, balayant la chapelle comme s'ils eussent été des domestiques. Comme ils ne se servaient que d'une main, le sol ne profitait guère de leurs efforts. En approchant du chevalier, ils cessèrent de balayer et, se plaçant directement en face de sir Kenneth, ils élevèrent de nouveau lentement leur lumière, de manière à lui permettre de voir distinctement des traits qui ne s'embellissaient pas à être examinés de près et de remarquer l'extrême vivacité et le feu dont étincelaient leurs yeux noirs. Ayant attentivement regardé le chevalier, ils se regardèrent en face et partirent d'un éclat de rire rauque et bruyant. Le son en parut si effroyable à l'Ecossais, qu'il se hâta de leur demander au nom de Dieu qui ils étaient pour venir profaner cet endroit sacré par leurs gestes étranges et leur rire discordant.

— Je suis le nain Nectobanus, dit l'avorton qui semblait appartenir au sexe masculin, d'un ton qui ressemblait plus au croassement du corbeau qu'à aucun son humain.

— Et moi, je suis Genèvre, la dame de ses pensées, ajouta l'autre d'une voix qui, étant plus grèle, paraissait encore plus sauvage que celle de son compagnon.

— Pourquoi êtes-vous ici, leur demanda le chevalier, qui n'était pas encore tout à fait sûr qu'il eût des êtres humains devant lui. — Je suis, poursuivit le nain, en affectant beaucoup de sérieux et de dignité, je suis Mahomet le Mahdi, le guide et le conducteur des fidèles. Cent chevaux tout sellés sont prêts pour moi et ma suite dans la cité sainte ; je suis celui qui rend témoignage et voici une de mes houris. — Tu mens, répondit la femme, je ne suis pas une de tes houris et tu n'es pas un infidèle tel que le Mahomet dont tu viens de parler ! Puisse ma malédiction s'appesantir sur ta tombe ! Je te dis, âne d'Issachar, que tu es le roi Arthur de Bretagne que les fées enlevèrent à la bataille d'Ascalon ; moi, je suis la belle Genèvre, renommée pour ses charmes. — En vérité, noble sire, nous sommes des princes malheureux, qui avons trouvé un refuge auprès de Guy de Lusignan, roi de Jérusalem jusqu'au jour où ces coquins d'infidèles l'ont chassé de son nid.

« Paix ! dit une voix sortant du côté par où était entré le chevalier. Paix, bouffons, et partez ; votre tâche est achevée. » Les nains n'eurent pas plutôt entendu cet ordre, que baragouinant quelques paroles inintelligibles, ils éteignirent leur lampe et laissèrent le chevalier dans une obscurité totale ; enfin, lorsque le bruit de leurs pas sur les degrés de l'escalier souterrain se fut évanoui, le plus profond silence régna dans la chapelle. Le chevalier se sentit soulagé par le départ de ces créatures. D'après leur langage, leur façon et leur costume, il ne pouvait douter qu'il n'eût été en présence de deux de ces êtres dégradés et difformes que leur faiblesse d'esprit et leur hideuse conformation faisaient recevoir comme meubles indispensables dans les grandes familles, où ils servaient d'aliment à la gaîté de toute la maison. A un autre moment, le chevalier aurait pu rire des bouffonneries de ces misérables échantillons de la nature ; mais leur apparition même, leurs gestes, leur langage avait interrompu d'une façon si violente les sentiments profonds et solennels qui l'agitaient, que ce fut avec plaisir qu'il les vit disparaître. Quelques minutes après leur départ, la porte qui lui avait livré accès s'entr'ouvit à son tour et laissa voir une lueur qui sortait d'une lanterne placée sur le sol. A sa clarté diffuse, il aperçut une masse sombre, accroupie en dehors de l'entrée, qu'il reconnut, en approchant, pour être l'ermite qui n'avait sans doute pas quitté son humble posture de tout le temps que son hôte était demeuré dans la chapelle. — Tout est fini maintenant, dit l'ermite, le plus misérable des pécheurs qui se trouvent sur la terre et celui qui de tous les mortels a le droit de se croire le plus privilégié et le plus fortuné doivent quitter ces lieux. Prends la lumière et conduis-moi, il ne m'est permis de découvrir mes yeux qu'une fois hors d'ici. Le croisé obéit et ils se retrouvèrent bientôt dans la première cellule de la caverne. — Le condamné est rendu à sa prison : il est renvoyé d'un jour à l'autre jusqu'à ce que son juge terrible décide que la sentence bien méritée doit être exécutée.

En disant ces mots, l'ermite ôta le voile qui lui couvrait les yeux et le contempla avec un soupir profond et étouffé. L'Ecossais ne l'eut pas plutôt replacé dans le placard d'où il l'avait tiré, qu'il s'entendit dire d'un ton sévère : — Partez, partez ; allez vous livrer au repos. Vous pouvez et vous devez dormir : moi, je ne le puis ni ne le dois.— Respectant l'agitation profonde avec laquelle ces paroles avaient été prononcées, le chevalier se retira dans la cellule du fond ; mais ayant jeté un regard derrière lui en quittant celle où se trouvait l'ermite, il l'aperçut jetant bas, d'un geste frénétique, le manteau velu qui le couvrait ; avant d'avoir pu fermer la porte fragile qui séparait les deux parties de la caverne, il entendit les sifflements du fouet et les gémissements qu'arrachait au pénitent le châtiment qu'il s'infligeait volontairement. Un frisson glacial parcourut le corps du chevalier en réfléchissant à l'énormité du péché et à la profondeur du remords qu'une aussi vigoureuse pénitence ne pouvait ni effacer ni affaiblir. Il égrena dévotement son chapelet, jeta un regard sur le musulman toujours plongé dans le sommeil et il s'endormit bientôt aussi profondément qu'un enfant. Le matin, en s'éveillant, il eut avec le solitaire un entretien des plus longs sur plusieurs sujets d'une extrême importance et le résultat de cet entretien fut de prolonger de deux jours son séjour dans la caverne. Comme tout pèlerin, il remplit régulièrement ses devoirs religieux, mais il ne pénétra plus dans la chapelle où ses yeux avaient vu tant de choses merveilleuses.

III

La scène change et, du désert montagneux du Jourdain, nous allons nous transporter au camp de Richard d'Angleterre, établi alors entre Saint-Jean d'Acre et Ascalon. Dans ce camp se trouvait l'armée avec laquelle Cœur de Lion s'était promis d'entrer en triomphe à Jérusalem : il aurait sans aucun doute réussi, s'il n'avait eu pour le contrecarrer la jalousie des princes chrétiens engagés dans la croisade et le ressentiment que leur causait et l'orgueil sans frein du monarque anglais et le mépris qu'il témoignait ouvertement aux autres souverains, lesquels, bien que ses égaux pour le rang, lui étaient bien inférieurs en courage, en résolution et en talents militaires. Ces mésintelligences, celles surtout qui régnaient entre Richard et Philippe de France, avaient donné naissance à des discussions et à des obstacles qui avaient entravé toutes les mesures énergiques proposées par l'héroïque mais impétueux Richard. D'un autre côté l'armée des croisées se réduisait continuellement, non seulement du fait de la désertion de soldats isolés, mais de celles de corps entiers, dont les chefs se retiraient d'une guerre où ils n'espéraient plus réussir. A cela, il faut ajouter le climat dont les effets avaient été, comme de juste, pernicieux pour des soldats du nord : la licence et la débauche à laquelle se livraient les croisés, contraste frappant avec les principes qui leur avaient fait prendre les armes, les rendaient plus facilement sujets aux périls des chaleurs brûlantes et des rosées glaciales. A ces causes de désastre, il faut joindre l'épée des Sarrasins. Saladin, dont le nom est le plus grand que nous ait conservé l'histoire d'Orient, avait appris, par une série de funestes expériences, que ses soldats, armés à la légère, n'étaient pas en état de soutenir, en bataille rangée, le choc des francs bardés de fer; il avait également appris à redouter la valeur aventureuse de son ennemi Richard Cœur de Lion Il s'était rattrapé dans les escarmouches où le nombre de ses troupes lui donnait toujours l'avantage et c'était à cette façon de guerroyer que s'étaient réduites les attaques du célèbre sultan, attaques qui se multipliaient dans la mesure où les rangs des croisés s'éclaircissaient. On voyait le camp des européens entouré et presque assiégé par des nuages de cavalerie légère ; c'était une succession ininterrompue de combats d'avant-poste où, sans aucune utilité, périssaient les meilleurs guerriers. Les convois étaient interceptés, les communications interrompues. C'était même au risque de leur vie que les croisés devaient se procurer les moyens de soutenir leur existence ; l'eau même ne s'acquérait qu'au prix du sang.

Ces maux étaient en quelque sorte contrebalancés par le courage et l'activité de Richard, toujours prêt, avec quelques-uns de ses meilleurs cavaliers à se porter sur tous les points où se présentait quelque danger ; souvent même ce n'était plus pour prêter un secours inattendu aux chrétiens qu'il se présentait, mais bien pour infliger aux infidèles la plus sanglante des déroutes, au moment même où ils se croyaient certains de la victoire. Mais la constitution de fer de Cœur de Lion finit elle-même par céder ; il devint la proie d'une de ces fièvres lentes et malignes si communes en Orient. Bientôt même, en dépit de sa grande force et de son énergie, plus grande encore, il ne put monter à cheval, ni même siéger aux conseils de guerre que de temps à autre tenaient les croisés. Il était difficile de dire si Richard pouvait supporter plus patiemment cet état d'inactivité depuis que le conseil avait décidé de conclure avec Saladin une trêve de trente jours : car si d'un côté le délai qui suspendait la marche de cette vaste entreprise l'arrêtait, de l'autre, il ne pouvait se défendre d'en être consolé à la pensée que du moins les autres croisés n'acquerraient point de lauriers pendant qu'il demeurait inactif sur sa couche.

Toutefois, ce que Richard pouvait le moins excuser, c'était l'inactivité générale qui régnait au camp des chrétiens dès qu'on y apprit que sa maladie avait revêtu un caractère sérieux. Les nouvelles qu'il arrachait avec difficulté à ceux dont il était entouré lui avaient fait comprendre qu'au fur et à mesure des progrès de sa maladie, les espérances de l'armée s'étaient affaiblies. Il savait que l'intervalle de cette trêve avait été employé non à renforcer les troupes, ni à relever leur courage et leur moral, ni à les préparer à la prompte conquête de Jérusalem, but de l'expédition, mais bien à fortifier et à entourer le camp de tranchées, de palissades et autres fortifications qui convenaient bien plus à des assiégés qu'à une armée de conquérants.

Ces nouvelles faisaient bondir Cœur de Lion sur sa couche. Naturellement emporté et fougueux, son impétuosité le consumait. Les gens de sa suite en avaient une vive terreur ; les médecins même craignaient de prendre sur lui cette autorité qu'il leur est nécessaire d'exercer sur leurs malades pour parvenir à les guérir. Seul, un fidèle baron, nommé Thomas de Multon, lord de Gisland, et que les normands appelaient lord de Vaux, s'était exclusivement consacré au service de la personne du Roi et osait seul s'interposer entre le lion et sa colère, à cause peut-être de la similitude de leurs caractères. Son calme et sa fermeté lui assuraient sur ce dangereux malade un empire que personne n'osait prendre, et si ce vaillant gentilhomme était arrivé à prendre ce degré d'autorité sur son souverain, c'est, en dépit de tous les bruits qui couraient, qu'il estimait la vie et l'honneur de Richard Cœur de Lion bien au-dessus de la faveur qu'il pouvait perdre ou des risques qu'il pouvait encourir en s'exposant au mécontentement de son royal malade.

Le jour touchait à son déclin. Richard, étendu sur son lit, maudissait intérieurement cette ennuyeuse couche. Son œil bleu, que la fièvre et l'impatience rendaient encore plus vif et éclatant, étincelait sous les longues boucles de ses cheveux blonds en désordre. Ses traits mâles attestaient par leur changement les progrès de la maladie qui le dévorait ; sa barbe négligée, inculte, recouvrait les lèvres et le menton. Il ne pouvait se tenir tranquille dans son lit ; les couvertures et les draps en désordre, les gestes impatients montraient l'énergie et la force indomptable d'un caractère dont l'élément naturel était le mouvement et l'activité.

A côté de la couche royale se tenait Thomas de Vaux dont la figure, l'attitude et les manières contrastaient grandement avec Richard. Sa taille était presque gigantesque. L'éclat de son œil grand et ouvert, d'un brun fauve, ne se troublait qu'aux marques violentes d'agitation et d'inquiétude que donnait de temps en temps son illustre malade. Ses traits, bien qu'aussi massifs que sa personne, avaient dû être beaux avant que de guerrières cicatrices les eussent défigurés ; sa lèvre supérieure, selon l'usage des Normands, était recouverte d'une longue moustache, qui avait atteint assez de développement pour aller rejoindre ses cheveux ; moustache et cheveux voyaient leur teinte d'un châtain foncé se mêler de gris. La charpente de son corps était de celles qui semblent le plus propre à défier fatigues et climats. Sa taille était élancée, sa poitrine large, ses bras longs et ses membres robustes. Depuis plus de trois nuits, il n'avait point enlevé son justaucorps de buffle, sur l'épaulette duquel on distinguait la croix, sans jouir d'autre repos que celui que peut prendre à l'échappée le gardien d'un pareil malade. Le baron changeait rarement de posture, sauf pour administrer à Richard les médicaments qu'aucun des autres serviteurs n'aurait pu faire absorber à l'impatient monarque : il y avait quelque chose de touchant dans la manière gauche mais remplie d'affection dont le vieux soldat s'acquittait de fonctions si peu conformes à ses habitudes et à son caractère.

— Ainsi donc, de Vaux, tu n'as pas de meilleures nouvelles à m'apporter de dehors, dit le roi après un long et inquiétant silence passé dans cette agitation brillante que nous venons de décrire. Eh bien ! tous nos chevaliers sont devenus des femmes, toutes nos dames sont devenues des dévotes et il n'y a plus une étincelle de valeur et de galanterie pour ranimer ce camp qui contient la fleur de la chevalerie d'Europe. — Sire, reprit de Vaux avec la même patience qu'il avait mise à répéter vingt fois cette explication, Sire, la trêve nous empêche de nous comporter en hommes d'action. Quant aux dames, bien que votre Majesté sache que je me mêle peu à leurs amusements, j'ai entendu dire que vos plus célèbres beautés accompagnent notre gracieuse Reine et la princesse Edith au monastère d'Engaddi, pour accomplir le vœu qu'elles ont prononcé dans l'espérance d'obtenir la guérison de votre Altesse. — Est-il donc la mode, s'écria Richard, avec ce ton d'irritation que donne la maladie, que des princesses royales et des dames de la cour s'exposent dans une contrée souillée par des chiens d'infidèles aussi perfides envers les hommes que parjures envers Dieu ? — Mais, monseigneur, elles ont la parole de Saladin pour garantie de leur vérité. — C'est vrai, c'est vrai ; j'étais injuste envers le Sultan, je lui dois une réparation. Plut à Dieu que je me trouve en état de lui fournir, en lui offrant le combat corps à corps entre les deux armées, en présence de tous les chrétiens et de tous les infidèles. — Nous avons effrayé bien des hommes, poursuivit de Vaux, et je me flatte que nous vivrons encore assez longtemps pour en effrayer d'autres, mais qu'est-ce qu'un accès de fièvre que nous ne puissions le supporter patiemment afin de nous en débarrasser au plus vite. — Un accès de fièvre, s'exclama Richard avec impétuosité, c'est vrai pour moi, mais ces autres princes : Philippe de France, ce lourd autrichien, ce marquis de Montserrat, ce Grand Maître des Hospitaliers, ce Prince des Templiers, de quoi peuvent-ils bien être malades ! Je vais te le dire moi. C'est une paralysie, une léthargie mortelle qui les prive de la faculté d'agir et de parler : un ver qui a rongé jusqu'au cœur ce qu'il y avait de noble, de chevaleresque et de vertueux parmi eux ; qui les a rendus parjures au vœu le plus sacré que des chevaliers aient jamais proféré, qui leur fait négliger leur gloire et oublier leur Dieu. — Pour l'amour du ciel, dit de Vaux, monseigneur, prenez les choses avec moins de violence ; on peut vous entendre du dehors et Dieu sait que de semblables discours ne se répètent que trop parmi les simples soldats, engendrant querelles et discordes. Songez que votre maladie paralyse le principal ressort de cette sainte entreprise. — Tu me flattes, de Vaux, et une telle flatterie est bien faite pour adoucir un malade, mais est-il possible qu'une ligue de monarques, une assemblée qui comprend toute la chevalerie de l'Europe, languissent à cause de la maladie d'un homme, cet homme fût-il le roi d'Angleterre ? Pourquoi la maladie ou la mort de Richard arrêterait-elle la marche de trente mille hommes aussi braves que lui. Est-ce quand le faucon frappe la force conductrice, une autre ne vient pas prendre sa place ? — Pourquoi donc ces souverains ne s'assemblent-ils pas pour choisir un homme à qui ils puissent confier la conduite de l'armée ? — Parbleu, répliqua de Vaux, et avec le bon plaisir de votre Majesté. J'ai entendu dire qu'il y avait à ce sujet des délibérations parmi les principaux chefs de l'armée. — Ah ! ah ! s'écria Richard, dont la suceptibilité, soudainement éveillée, donnait un autre cours à son irritabilité, suis-je oublié par mes alliés avant d'avoir reçu le dernier sacrement ? Me considèrent-ils déjà comme mort ? — Mais non, mais non ! — Et qui choisissent-ils pour chef de l'armée chrétienne ? — Le rang et la puissance paraissent désigner le Roi de France. — Oh ! oh ! Philippe de France et de Navarre, Montjoye Saint-Denis. Sa Majesté, très chrétienne. Voilà de grands mots qui remplissent bien la bouche ! Il n'y a qu'une chose à craindre, c'est qu'il ne se trompe de mots et que prenant *en arrière !* pour *en avant !* il ne vous ramène à Paris au lieu de vous conduire au Saint-Sépulcre. Sa cervelle politique a fait l'expérience qu'on trouve plus de profit à opprimer ses vassaux et à piller ses alliés qu'à combattre les Turcs. — On pourrait choisir l'archiduc d'Autriche. — Quoi ! serait-ce parce qu'il te vaut comme graisse et épaisseur, Thomas, et qu'il a le crâne aussi épais, bien qu'il ne possède pas ton insouciance du danger et ta facilité à oublier une offense. Lui, cette masse de chair, conduire la chevalerie à de nobles faits d'armes? Allons donc! Donnez-lui plutôt une barrique de vin à partager avec ses chasseurs d'ours et ses gros lansquenets. — Il y a le Grand-Maître des Templiers, poursuivit le baron qui n'était pas fâché de tenir l'attention de son maître fixée sur autre chose que sa maladie, fût-ce aux dépens de la réputation d'autrui. Intrépide, habile, brave dans la bataille, sage dans le conseil; aucun intérêt, aucun royaume, ne peut le détourner de la délivrance de la Terre-Sainte: que penserait votre Majesté du Grand-Maître généralisisme de l'armée chrétienne? — Ah Beau Séant! Il n'y a rien à dire contre le frère Gilles Amaury! Il comprend l'ordre d'une bataille et sait combattre au premier rang. Mais, sire Thomas, serait-il juste de prendre la Terre-Sainte au païn Saladin, cet homme qui possède toutes les vertus dont on peut être doué sans être chrétien, pour la donner à Gilles Amaury, mille fois plus païen que lui. Gilles l'idolâtre, l'adorateur du diable, le magicien qui, au fond des cavernes les plus secrètes et les plus obscures, commet les crimes les plus noirs et les plus contre nature. — La renommée n'accuse le Grand-Maître des Hospitaliers de St Jean de Jérusalem ni d'hérésie, ni de magie? — Un sordide avare! Ne l'a-t-on pas soupçonné, que dis-je, plus que soupçonné, d'avoir vendu aux infidèles des succès qu'ils n'auraient jamais obtenus par la simple force des armes! Il vaudait mieux trafiquer des intérêts de l'armée avec les armateurs vénitiens ou les colporteurs lombards qu'avec le Grand-Maître de St Jean. — Eh bien donc! il ne m'en reste plus qu'un seul à nommer: que dirait Monseigneur du brave marquis de Montserrat, si avisé, si brillant, un si habile homme d'armes! — Avisé! tu veux dire rusé, brillant, dans la chambre des dames, si tu veux, Conrad de Montsarrat, qui ne connaît le fanfaron? C'est un politique qui change d'opinion plus souvent que de garniture à son manteau. Un habile homme d'armes? certes, en champ clos, quand les épées sont bouchonnées et que les lances sont terminées par des pointes de bois! N'étais-tu pas avec moi ce jour où je dis à ce vaillant marquis: Nous voici trois bons chrétiens et je vois là-bas, dans la plaine, une soixantaine de Sarrasins : tombons sur eux à l'improviste, ils ne sont que vingt mécréants contre un loyal chevalier? — Je m'en souviens, le marquis vous répondit que ses membres étaient de chair et non d'acier, qu'il aimait mieux porter un cœur d'homme qu'un cœur d'animal, fût-ce celui d'un lion. Mais je vois où nous allons aboutir. Nous finirons comme nous avons commencé, sans espoir de prier au Saint-Sépulcre à moins que le ciel ne rende la santé au Roi Richard.

A cette grave remarque, Richard partit d'un éclat de rire, le seul qui lui fût échappé depuis longtemps. — Vois ce que c'est que la conscience, lui dit-il, puisqu'un baron du nord aussi peu subtil que toi a pu amener son souverain à confesser sa faiblesse ! Oui, de Vaux, j'avoue ma faiblesse et la témérité de mes ambitions... le camp chrétien renferme sans nul doute maint chevalier plus brave que Richard d'Angleterre et il serait juste et sage de confier au plus digne la direction de l'armée. Mais, continua le belliqueux monarque en se levant sur son séant et en jetant à terre sa couverture, tandis que ses yeux brillaient comme à la veille d'un combat, si un tel chevalier plantait la bannière de la Croix sur le temple de Jérusalem pendant que je suis incapable de prendre part à cette noble expédition, dès que j'aurais la force de mettre une lance en arrêt, il recevrait mon défi de combat à mort, pour m'avoir ravi ma gloire et m'avoir précédé au but de mes entreprises. Mais quelles sont ces trompettes que j'entends dans le lointain ?

— Ce sont celles de Philippe de France, j'imagine. — Tu as l'oreille bien dure, Thomas, s'écria le roi en essayant de se lever ; n'entends-tu pas ces sons aigus et perçants? De par Dieu, les Turcs sont dans le camp, j'entends leurs cris de guerre. — Il essaya encore de sortir du lit et de Vaux fut obligé d'employer toute sa force et d'appeler à son aide les chambellans de la tente extérieure pour réussir à le contenir. — Tu n'es qu'un perfide... qu'un traître, Thomas de Vaux, dit le monarque irrité, lorsque épuisé et hors d'haleine, il fut contraint de se soumettre à une force supérieure à la sienne et à se laisser aller sur sa couche. Je voudrais être seulement être assez fort pour te broyer la cervelle avec ma hache d'armes. — Je m'exposerais volontiers au risque de vous en voir faire cet usage, car il vaudrait la peine pour la chrétienté, fût-ce aux dépens de la vie de Thomas Multon, que Richard fût redevenu lui-même.

— Mon brave et fidèle serviteur, dit Richard en tendant la main au baron qui la baisa avec respect. Pardonne à ton maître cette irritation : c'est à cette maudite fièvre qu'il faut t'en prendre et non à ton bon souverain, Richard d'Angleterre. Mais va, je t'en conjure, et reviens me dire quels sont ces étrangers arrivés dans le camp, car cette musique ne sort pas d'instruments chrétiens.

De Vaux laissa le pavillon pour remplir cette commission, et en son absence, qu'il résolut de rendre aussi courte que possible, il recommanda aux pages et aux domestiques de redoubler de vigilance auprès de leur souverain, recommandation qui augmenta plutôt qu'elle ne guérit la timidité avec laquelle ils remplissaient leur devoir : car après la colère de leur monarque, ce qu'ils redoutaient le plus au monde était celle du sévère et inexorable Lord de Gilsland.

*
* *

Thomas de Vaux avait fait quelques pas à peine hors du pavillon royal qu'il s'aperçut de la véracité des dires du Roi d'Angleterre, qui ne manquait pas d'habileté dans l'art des ménestrels, les sons guerriers qu'il avait entendus étaient produits par les clairons, les hautbois et les tambourins des sarrasins. Au bout d'une large avenue de tentes qui donnait accès au pavillon de Richard, il aperçut une foule de soldats oisifs rassemblés autour de l'endroit d'où semblait sortir la musique. Là, presque au centre du camp, on apercevait, mêlés avec les casques des croisés, les turbans blancs et les longues javelines qui annonçaient la présence des sarrasins ; plusieurs dromadaires même élevaient au-dessus de la masse leur cou allongé. Etonné et mécontent de cette scène étrange, car l'usage était de laisser les parlementaires de l'ennemi dans un endroit fixé en dehors des barrières du camp, le baron cherchait des yeux quelqu'un qui pût le renseigner. La première personne qu'il vit s'avancer vers lui ne pouvait être, à en juger par sa démarche grave et hautaine, qu'un espagnol ou un écossais, et un moment après il murmurait entre ses dents : « C'est bien un écossais, c'est même le chevalier du Léopard ; je l'ai vu se battre assez bien pour un homme de son pays. » Ne voulant pas lui poser une parole, si insignifiante fût-elle, Thomas se mit en demeure de le croiser avec cet air sombre et méprisant, qui, sous tous les climats, se traduit par un « je ne veux rien avoir à faire avec toi. » Ceci n'a pas lieu d'étonner les lecteurs, étant donné la haine nourrie pas les anglais contre les écossais, haine que ceux-ci leur rendaient réciproquement. L'inactivité qui régnait au camp des croisés avait fait renaître cette animosité entre anglais et écossais, français et normands, allemands et italiens, que le but saint de l'entreprise avait au commencement fait complètement disparaître. Il convient d'ajouter que de Vaux était, en sa qualité de baron du nord de l'Angleterre, pays frontière de l'Ecosse et qui avait le plus à souffrir de leurs incursions, un des plus prévenus contre les écossais. Son intention fut cependant déjouée par l'écossais qui vint droit à lui et l'abordant avec une extrême politesse lui dit : — Monseigneur de Vaux de Gilsland, je suis chargé de vous parler. — Comment, à moi ? mais faites vite, je vous prie, car j'ai une commission à faire de la part du Roi. — Ma mission touche de plus près encore le roi Richard : je lui apporte, j'espère, ma santé. — Le lord anglais toisa l'écossais d'un regard incrédule : — Vous n'êtes pas médecin, j'imagine, sire chevalier, je vous aurais cru plus capable d'apporter un trésor au roi d'Angleterre. — Bien que peu satisfait de la réponse du baron, Sire Kenneth continua calmement : — La santé de Richard n'est-ce pas le synonyme de gloire et de richesse pour la chrétienté, mais le temps passe. Dites-moi, je vous prie, si je ne puis pas voir le roi. — Assurément non, brave écossais, à moins que vous ne m'exposiez avec plus de clarté votre message. La chambre d'un prince malade n'est pas une hôtellerie. — Monseigneur, la croix que je porte en commun avec vous et l'importance de ce que j'ai à vous dire me feront passer pour l'instant sur des procédés qu'en tout autre cas je n'accepterais pas de supporter. Pour parler plus clairement, j'amène un médecin maure qui s'engage à guérir le roi

Richard. — Un médecin maure ! qui peut nous garantir qu'il n'apporte pas des poisons au lieu de remèdes ? — Voici ce qu'il en est : Saladin, auquel nul ne pourrait contester le titre d'ennemi brave et généreux, envoie dans ce camp, ce médecin, accompagné d'une garde et d'une suite brillante. Il vient chargé de fruits et de rafraîchissements pour l'usage personnel du roi et d'un message tel qu'il convient entre deux honorables ennemis, le priant de guérir rapidement de sa fièvre, afin d'être en état de recevoir la visite du sultan, un cimeterre nu à la main, suivi de cent mille hommes. Vous plairait-il, vous qui êtes du Conseil privé du Roi, de faire décharger ces chameaux et de donner des ordres pour la réception du savant médecin. — Voilà une chose merveilleuse ! dit De Vaux comme s'il se parlait à lui-même ; et qui me servira de garantie pour l'honneur de Saladin en cas où la mauvaise foi le débarrasserait immédiatement du plus puissant de ses adversaires ? — Moi-même, répliqua Kenneth, mon honneur, ma vie, ma fortune. — Etrange ! Etrange ! le nord répond pour le midi, l'écossais pour le turc ! Pourrais-je vous demander, sire chevalier, les circonstances qui vous ont amené à vous occuper de cette affaire ? — Je m'étais absenté dans le but d'accomplir un pèlerinage au cours duquel j'avais un message à transmettre au saint ermite d'Engaddi. — Ne pourriez-vous pas me le confier, sire Kenneth, ainsi que la réponse du saint homme. — Cela m'est impossible, monseigneur. — J'appartiens cependant au Conseil privé d'Angleterre. — Pays auquel je ne dois obéissance d'aucune sorte. Bien que dans cette guerre, je me sois attaché de mon propre chef à la fortune du roi d'Angleterre, j'ai été envoyé à Engaddi par le Conseil Général des rois, des princes et des généralissimes de l'armée, à eux seuls je puis rendre compte de ma mission. — Oh ! tu le prends ainsi. Sache donc, tout messager de rois et de princes que tu puisses être, qu'aucun médecin n'approchera du lit de Richard d'Angleterre sans le consentement du baron de Gilsland, et ceux qui voudront s'y introduire autrement rencontreront à qui parler. — Il s'en allait déjà, quand l'écossais, se plaçant droit devant lui, lui demanda d'un ton calme si messire de Gilsland le prenait oui ou non pour un gentilhomme et un bon chevalier. — Gentilhomme! tous les écossais le sont par droit de naissance, dit Thomas de Vaux, avec un peu d'ironie dans l'expression; mais s'apercevant lui-même de l'injustice de sa réponse et voyant le visage du jeune homme se colorer de rouge: Bon chevalier, oui certes; ce serait pécher pour celui qui vous a vu à l'œuvre que d'en douter. — Eh bien! reprit Kenneth, satisfait de cette déclaration franche, je vous jure, sire Thomas de Vaux, je vous jure sur l'honneur que j'estime un privilège égal à mon antique noblesse, je vous jure sur la foi d'un chevalier, venu ici pour acquérir los et renom ici-bas et pardon de mes péchés dans la vie à venir, je vous jure enfin par cette croix sacrée dont je suis revêtu que mon unique désir est d'assurer la guérison de Richard Cœur de Lion par le moyen de ce médecin musulman. — L'Anglais fut frappé de la solennité de cette protestation et il poursuivit sur un ton plus cordial. — Supposons, ce dont je ne doute pas, que vous soyez vous-même tranquille à ce sujet, ferai-je bien, dans un pays où l'art d'empoisonner est aussi commun que celui de cuisiner, d'amener au roi cet inconnu médecin et de lui permettre d'essayer sans plus ses drogues sur sa précieuse santé? — Messire, je ne puis vous répondre qu'une chose: mon écuyer, le seul homme de ma suite qui ait survécu à la faim et aux maladies, était dangereusement atteint de la même fièvre que le roi. Après la visite du médecin maure, qui lui a donné des soins il y a moins de deux heures, il est tombé dans un sommeil réparateur. Je crois que cet El Hakim est capable de guérir une maladie si funeste; je ne doute pas davantage qu'il n'en ait la ferme attention à preuve la mission qui lui a été confiée par le sultan. Quant au succès de sa cure, la certitude d'une brillante récompense s'il réussit, celle d'un châtiment terrible si l'échec provient de sa faute, voilà me semble-t-il une garantie suffisante.

L'anglais écoutait comme un homme qui a des doutes, mais au fond ne demande pas mieux que de les voir dissiper.

— Puis-je voir votre écuyer, beau sire! — Volontiers, répondit l'écossais, après un moment d'hésitation. N'oubliez pas, messire, en pénétrant sous mon humble toit, que les nobles écossais ne recherchent pas dans leur nourriture, leur couche et leur logis, la magnificence de leurs voisins du nord. Je suis pauvrement logé, messire. — *Honte au soldat de la croix*, répliqua le baron, trop généreux au fond pour paraître se réjouir de la mortification d'un brave guerrier, ainsi réduit à dévoiler des besoins que sa fierté aurait voulu cacher. Honte au croisé qui se préoccupe des splendeurs mondaines ou des commodités du luxe lorsqu'il s'agit de marcher à la conquête de la Cité Sainte ! Quelque pénibles qu'elles soient, elles n'égaleront jamais celles des martyrs et des saints qui nous ont précédés, et qui portent maintenant au ciel des lampes d'or et des palmes toujours vertes. Jamais Thomas de Gilsland n'avait prononcé un discours aussi pathétique ; — peut-être bien faut-il l'attribuer, comme il arrive souvent, à ce qu'il n'exprimait pas ses sentiments véritables, car il recherchait volontiers le luxe et la bonne chère. Tout en causant, ils étaient arrivés au quartier où était logé le chevalier du Léopard. Tout s'accordait avec les préceptes d'humilité qui venait de sortir de la bouche du baron. Un terrain assez vaste pour contenir une trentaine de tentes avait été assigné à sire Kenneth, en rapport avec la suite qui l'accompagnait alors; mais il était en partie vacant, en partie occupé par de misérables huttes, construites de feuilles de palmiers et de branchages, la plupart détruites ou en ruine. Au centre s'élevait la tente de leur chef, distinguée seulement des autres huttes par une flamme à queue d'aronde suspendue au fer d'une lance et dont les longs plis immobiles retombaient à terre. Pas un page, pas un écuyer, pas même une sentinelle ne défendait les approches de cet emblème de la puissance féodale et du rang de chevalier ; contre l'insulte, il n'avait d'autre défense que sa bonne renommée. Kenneth jeta un regard mélancolique autour de lui et, maîtrisant ses sentiments, il entra dans la hutte en faisant signe au baron de le suivre. Celui-ci courba sa haute taille, non sans avoir jeté un regard de pitié sur ce qui l'environnait, et pénétra dans l'humble cabane, que sa corpulente personne sembla tout d'abord entièrement remplir.

A l'intérieur se trouvaient deux lits : l'un était vide : il était formé de feuilles sèches et de peaux d'antilope ;

les pièces d'armure et le crucifix d'argent qui gisaient à côté indiquaient qu'il appartenait au chevalier. Sur l'autre, moins dur, reposait l'écuyer malade : c'était un homme d'une forte constitution, aux traits austères, qui avait dépassé le milieu de la vie, on voyait clairement que Kenneth, afin que son serviteur fût mieux couché, avait arrangé sur lui, en guise de couverture, la robe flottante et les autres vêtements que portaient les chevaliers lorsqu'ils n'étaient pas équipés en guerre. Dehors, mais à portée des regards du baron, un jeune garçon, chaussé de brodequins en peau de daim écrue, la tête coiffée d'un bonnet bleu, le corps recouvert d'une cotte toute usée, se tenait accroupi devant une sorte de réchaud plein de charbon, où cuisaient sur une plaque de fer des gâteaux d'orge, nourriture favorite des écossais. On voyait enfin un quartier d'antilope suspendu à un des principaux piliers de la hutte, un grand lévrier qui se trouvait là expliquait aisément comment on se l'était procuré. L'intelligent animal fit entendre, à l'entrée des chevaliers, comme un grondement étouffé qui résonna dans sa large poitrine comme le bruit d'un tonnerre lointain ; il accueillit son maître en remuant la queue et en baissant la tête, on eût dit qu'averti par son instinct de rester silencieux dans la chambre d'un malade, il s'abstenait pour ce motif de caresses bruyantes.

A côté du lit, sur un coussin également formé de peaux d'animaux, était assis, les jambes croisées à la mode de l'Orient, le médecin musulman dont sire Kenneth avait parlé. Le demi-jour qui pénétrait dans la modeste tente ne laissait guère apercevoir de lui qu'une longue barbe noire tombant sur la poitrine, un haut *tolpach* d'astrakan, bonnet tartare de laine d'agneau noir, un ample cafetan ou robe turque de couleur sombre, enfin deux yeux noirs, pétillants, d'un éclat extraordinaire. — Le noble anglais ne disait rien, frappé d'une sorte de respect ; car malgré son apparence de rudesse, le spectacle d'une pauvreté subie avec fermeté, sans plaintes ni murmures, aurait eu en toute circonstance plus de droits à ses égards que la luxueuse magnificence d'une chambre royale, à *moins qu'il ne s'agît* de celle de Richard. Pendant quelques minutes, on n'entendit pas d'autre bruit que la respiration forte et régulière du malade, qui semblait plongé dans un sommeil réparateur. — Voilà six jours qu'il n'avait fermé l'œil, dit Kenneth, selon ce que m'affirme le garçon qui le garde. — Noble écossais, dit Thomas de Vaux en prenant la main du chevalier et en la serrant avec plus de cordialité que n'en exprimaient encore des paroles. Il faut veiller à cela.... Votre écuyer manque de soins et de nourriture.

Le ton de cette voix étrangère troubla le repos du malade : — Maître, murmura-t-il comme dans un rêve, quelle douceur ont les eaux pures et rafraîchissantes de la Clyde après les sources saumâtres de la Palestine ? — Il rêve de son pays natal et il est heureux dans son sommeil, dit Kenneth à demi-voix. A ces mots, le médecin, replaçant doucement sur le lit le bras de l'écuyer qu'il tenait pour étudier les mouvement du pouls, s'approcha des deux hommes, les prit chacun par une main et les conduisit au dehors. — Au nom d'Issa ben Miriam, dit-il, que nous vénérons comme vous, mais sans y attacher une superstition aussi aveugle, ne troublez pas l'effet de la médecine bénie qu'il vient de prendre. L'éveiller à ce moment, ce serait causer sa mort ou le priver de sa raison. Revenez à l'heure où le muezzin appelle, du haut des minarets, les fidèles à la prière du soir, et si on le laisse tranquille jusque-là, je vous promets que ce soldat franc sera en état de soutenir avec vous une conversation de quelques instants, surtout avec son maître. Les chevaliers s'inclinèrent devant l'autorité de ce médecin qui semblait si bien comprendre l'importance de ce proverbe oriental : La chambre du malade est le royaume du médecin, et s'arrêtèrent ensemble à la porte de la hutte. Après une assez longue conversation, dont firent les frais le chien du chevalier écossais, supérieur en taille et en beauté aux lévriers de Richard lui-même, la chasse et la venaison, sujets toujours chers aux barons normands anglais, à la fin, ils prirent congé l'un de l'autre en de meilleurs termes qu'ils s'étaient abordés, mais ce ne fut pas sans que l'anglais se fût fait expliquer tout au long les circonstances relatives à la missive du médecin musulman et qu'il eût reçu du chevalier les lettres de créance qu'il avait apportées à Richard Cœur de Lion de la part du grand Saladin.

*
* *

— Voilà une étrange histoire, Thomas, dit le monarque après avoir entendu le rapport du baron. Es-tu certain que cet Ecossais soit un homme franc et loyal. — Je ne sais guère. J'ai vécu un peu trop près des écossais pour nourrir à leur sujet une confiance exagérée, je les ai toujours trouvés, au contraire, vantards et gens de peu de foi. Mais il y a de la franchise chez lui et, fût-il le diable aussi bien qu'il est écossais, je serais forcé d'en convenir. — Et en tant que chevalier, comment s'est-il comporté ? — C'est l'affaire de votre Majesté de porter un jugement, bien plus que la mienne. Je suis certain que vous avez déjà dû remarquer ce chevalier du Léopard ; il jouit d'un bon renom. — Justement acquis, de Vaux, nous en avons nous-même été témoin. Dans quel but nous plaçons-nous toujours au front de l'armée ? C'est afin de voir comment se comportent nos vassaux et nos alliés et non, comme on le suppose, dans le but de nous procurer une gloire chimérique. Nous connaissons la vanité des louanges des hommes et ce n'est pas pour mériter cette fumée que nous revêtons notre armure. — Une telle déclaration cadrait si mal avec le caractère du roi, que le baron en fut d'abord alarmé, mais il se rappela tout à coup qu'il avait rencontré sur le seuil de la tente royale le confesseur du monarque, il eut assez de sagacité pour attribuer ces humbles paroles aux exhortations du moine, il laissa donc continuer le roi sans interruption : — Oui, poursuivit Richard, j'ai en effet remarqué la façon, tout à sa louange, dont il remplit ses devoirs de chevalier, mais j'ai aussi remarqué son caractère hautain et présomptueux sans lequel il eût déjà éprouvé mes faveurs. Mais revenons à ce médecin. Tu m'as dit que l'Ecossais l'avait rencontré dans le désert? — Non, Sire ; envoyé vers l'ermite d'Engaddi, dont on parle tant... — Mort et damnation... Envoyé... par qui et pourquoi ? Qui donc a eu l'audace d'envoyer un homme au monastère d'Engaddi lorsque la reine s'y trouve en pèlerinage pour obtenir notre guérison? — C'est le conseil des princes qui l'a dépêché, Monseigneur. Il ne m'a point appris dans quelle intention. En ce qui concerne l'absence de votre royale épouse, elle est à peine connue ; je l'ignorais moi-même hier et les princes peuvent également n'en avoir pas eu connaissance, d'autant plus que du jour où la crainte de la contagion a dicté à votre affection de lui prescrire l'entrée de la tente, la reine se tient à l'écart de toute société. — C'est chose à examiner... Pour lors, cet envoyé a rencontré le médecin nomade dans la grotte d'Engaddi, n'est-ce pas cela ? — Pas exactement, Majesté. Si je me souviens bien de son récit, il a rencontré, aux approches de la grotte, un émir sarrasin. Les deux guerriers ont éprouvé leur valeur mutuelle, puis, satisfait l'un de l'autre, ils se sont rendu ensemble à la grotte d'Engaddi. Le chevalier de Vaux s'arrêta... il n'était pas de ces gens qui savent raconter une longue histoire d'un seul coup. Le roi s'impatientait. — C'est là qu'ils on rencontré le médecin ? — Non ! Monseigneur, mais l'infidèle apprenant que votre Majesté était gravement malade, déclara que Saladin vous enverrait son propre médecin, dont il vanta beaucoup le savoir. En effet, il se rendit à la grotte où l'Ecossais l'attendait depuis un jour ou deux. Il a le cortège d'un prince, des trompettes, des tambours, des esclaves à pied et à cheval. Il apporte avec lui des lettres de créance du sultan. — Les a-t-on soumises à l'interprète ? — Oui, Monseigneur, et en voici la traduction en anglais : Ce disant, il tendit un parchemin à Richard qui le prit et le lut. — Au nom d'Allah et de Mahomet son prophète... Au diable le prophète ! s'écria Richard en crachant à terre, en signe de mépris. — Saladin, roi des Rois, soudan d'Egypte et de Syrie, lumière et refuge de la terre, au grand Melek-Ric, Richard d'Angleterre, salut. Ayant été informé que la main de la maladie s'était appesantie sur toi, notre royal frère, et que tu n'as à tes côtés que des médecins nazaréens et juifs qui exercent sans la bénédiction d'Allah et de notre saint Prophète... — l'enfer le confonde, murmura de nouveau Richard... nous t'envoyons, pour te traiter et te soigner, le médecin de notre propre personne, Adonibek El Hakim, devant qui Azraël, l'ange de la mort, déploie ses ailes et quitte la chambre du malade. Il connaît les vertus des herbes et des pierres, le cours du soleil, de la lune et des étoiles et

peut sauver de la mort quiconque ne la porte pas empreinte sur son front. Nous te prions avec la plus vive instance d'honorer son art et son mérite en t'en servant. Cela non seulement pour rendre hommage à ta valeur et à ta gloire qui brillent parmi toutes les nations du Frangistan, mais encore afin de mettre un terme à la guerre qui désole les contrées, soit par un traité honorable, soit par une bataille rangée. Cela aussi, parce qu'il ne convient pas à un homme de ton rang et de ton courage de mourir de la mort d'un esclave surmené par son maître. Cela enfin, parce qu'il ne sied pas à notre propre gloire qu'un si noble adversaire soit soustrait à nos armes par une vile maladie. Puisse donc le saint...
— Assez assez avec son prophète ! Oui, je consens à voir son médecin et à me confier à ses soins afin de payer de retour la générosité du vaillant Saladin. Oui, j'irai le combattre en rase campagne, comme il me le propose si noblement, et il n'aura pas lieu de taxer Richard d'ingratitude. Je le courberai jusqu'à terre sous le poids de ma hache d'armes, des coups tels qu'il n'en a jamais reçu le convertiront à notre sainte Eglise ; c'est devant la croix de mon épée qu'il abjurera ses erreurs, c'est sur le chanp de bataille même qu'il sera baptisé, dût notre sang se confondre dans l'eau du baptême !... Allons, Thomas, hâte-toi, veux-tu retarder une solution si agréable ! Amène ce El-Hakim... — Monseigneur, hasarda le baron, qui, dans cet excès de confiance, appréhendait quelque redoublement de fièvre, réfléchissez... le Sultan est un païen et vous êtes son adversaire le plus dangereux ! — Excellente raison pour qu'il craigne qu'une misérable fièvre ne mette fin à cette lutte entre deux souverains tels que nous. Il m'aime autant que je l'aime, autant que deux nobles ennemis aient jamais pu s'aimer. Sur mon honneur, ce serait un péché que de douter de sa bonne foi. — Néanmoins, Sire, il me paraît plus sage d'attendre la guérison de l'écuyer de sire Kenneth. Je joue ma tête, car je mériterais de mourir comme un chien si, par mon imprudence, j'allais causer le naufrage des espérances de la chrétienté. — Hésiterais-tu par crainte de la mort, ce serait la première fois ! — Ah je n'hésiterais pas une seconde si ma vie ne répondait de la vôtre. — Eh bien ! mortel soup-

çonneux, va donc t'assurer par toi-même de ce que vaut ce fameux médecin. Qu'il me tue ou qu'il me guérisse, je ne demande pas autre chose ; car je suis las d'être étendu sur ce lit de douleurs tandis qu'au dehors les tambours battent, les trompettes sonnent et les chevaux hennissent.

Le baron sortit à la hâte, mais afin de soulager sa conscience, il alla s'ouvrir de ses doutes à l'archevêque de Tyr, en grand crédit auprès du roi. Le prélat, homme de beaucoup d'intelligence et d'expérience, eut vite fait de le dissiper. — Les *médecins, dit-il, sont souvent utiles,* quand bien même leur naissance ou leurs mœurs en feraient les derniers des hommes. Il en est de même des médecins qu'ils emploient, bien que parfois tirées des substances les plus viles, elles n'en sont pas moins salutaires. Ce n'est donc pas un péché de recourir, le cas échéant, à l'assistance des païens et des infidèles. On peut même admettre que leur présence sur la terre dépend surtout des services qu'ils peuvent rendre aux vrais croyants. C'est ainsi que les premiers chrétiens ne repoussaient pas le concours des païens inconvertis : par exemple, sur le navire à bord duquel S. Paul passa en Italie, il est probable que les matelots étaient des païens et cependant que dit le bienheureux quand on eut besoin de leur ministère : A moins que ces gens ne restent sur ce navire, vous ne pouvez être sauvés. Enfin, les juifs sont tout autant des infidèles que les mahométans et cependant il n'y a que peu de médecins dans le camp qui ne soient israélites. Il n'y a nulle raison à scandale ou à scrupule d'employer un mahométan à cet usage. *Quod erat demonstrandum.*— Le raisonnement mit de Vaux absolument au clair; surtout la citation latine, à laquelle il ne comprit goutte. L'archevêque de Tyr se prononça cependant avec moins d'aisance sur la question de mauvaise foi. Il lut et relut les lettres de créance, comparant l'original à la traduction. — Voilà un mets apprêté tout exprès pour flatter le palais du Roi Richard et je ne puis m'empêcher de nourrir des soupçons sur ce rusé sarrasin. Ils sont si habiles à préparer leurs poisons, ces damnés mécréants, qu'ils savent les *préparer* de telle manière qu'il s'écoule des semaines entières avant qu'ils aient produit leur effet, ce qui permet au coupable de disparaître. Ils savent imprégner du venin le plus subtil, le drap, le cuir et même le parchemin. Mais, par Notre-Dame, comment ai-je pu approcher ces lettres de créance si près de mon visage? Reprenez-les, sire Thomas, reprenez-les au plus vite, et en prononçant ces paroles il les éloigna de toute la longueur de son bras. Mais, poursuivit-il, nous allons d'abord nous rendre compte, en nous rendant vers l'écuyer malade, si cet Hakim possède réellement l'art de guérir puis, nous verrons s'il est possible de lui confier le roi... Un moment, messire, laissez-moi prendre ma tente d'aromates. Ces fièvres empestent l'air et je vous avise fort de respirer du romarin trempé dans du vinaigre. Vous savez que je me connais un peu en médecine. — Je vous remercie, monseigneur, mais si j'étais sujet à la fièvre, il y a longtemps que j'en aurais été atteint au chevet du roi, mon maître. Ces mots firent rougir le prélat, qui avait tant soit peu évité la présence du malade.

Ils arrivèrent bientôt devant la pauvre demeure du chevalier du Léopard où l'archevêque suivit le baron de Vaux, non sans une répugnance apparente : l'intérêt de sa santé céda pourtant à la nécessité où il se trouvait de se rendre compte par lui-même du savoir du médecin étranger. Kenneth était absent. L'étranger se tenait assis, les jambes croisées, sur une natte, dans la même posture où l'anglais l'avait laissé deux heures auparavant. Le prélat attendit vainement qu'il lui témoignât quelque marque de respect, puis il se décida à le saluer en langue franque en ajoutant : — Es-tu médecin, infidèle, je voudrais te causer de cette science. — Si tu connaissais quelque chose de la médecine, tu devrais savoir qu'au chevet du malade il ne se tient pas de consultation. Ecoute ce chien qui gronde sourdement à la porte ; il pourrait te donner une leçon, car son instinct lui apprend à supprimer ses aboiements dans la chambre du patient. Sortons, si tu as quoi que ce soit à me dire. — En dépit de la simplicité du costume du médecin sarrasin et de l'infériorité de sa taille, comparées avec le pompeux vêtement du prélat et la taille du gigantesque baron, on sentait se dégager une telle dignité de toute sa personne que l'archevêque s'abstint d'exprimer le mécontentement que lui causait cette brusque répartie :

Une fois dehors, il dévisagea son interlocuteur, tout ne cherchant un moyen convenable de reprendre la conversation. Le médecin le frappa par son front dépourvu de rides, ses yeux vifs et étincelants, son air de jeunesse que sa longue barbe ne parvenait pas à dissimuler. Ceci le frappa tellement qu'il lui demanda son âge : — Les années des hommes ordinaires se comptent d'après leurs rides, répondit le sarrasin ; ceux des sages d'après leurs études. Je n'ose me dire plus âgé que cent révolutions de l'hégire (1) — Le baron, prenant cette déclaration au pied de la lettre, jeta un regard d'incrédulité sur l'archevêque, qui, comprenant mieux la signification des paroles d'Addnibec, répondit par un hochement de tête. Reprenant ensuite ses façons autoritaires, il demanda à El Hakim sur quelles preuves il faisait son expérience médicale. — Tu as pour garantie la parole du puissant Saladin, le Roi des Rois, dit le médecin en portant la main à son bonnet ; c'est une parole qu'il n'a jamais violée, qu'il s'agisse d'amis ou d'ennemis. Que désirerais-tu de plus, Nazaréen ? — Je voudrais une preuve visible, observa Milord de Gilsland, sinon tu n'approcheras jamais de la tente du roi. — C'est à la guérison du malade qu'on reconnaît le savoir du médecin. Allez voir cet écuyer, dont le sang a été brûlé par cette fièvre dont l'ardeur a couvert votre camp d'ossements ; l'art de vos médecins ne vous en a pas plus protégés que ne le ferait une casaque de soie contre une lance. Allez voir ses doigts et ses bras aussi décharnés que les pattes d'une grue. Ce matin l'ange de la mort allongeait la main vers lui ; mais si Azraël se tenait d'un côté de la couche, moi je me tenais de l'autre et son âme ne quittera pas son corps. Ne me questionnez donc pas davantage ; attendez le moment critique et admirez en silence le miracle qui va s'accomplir.

El Hakim eut alors recours à son astrolabe, l'oracle de la science orientale, et parut la consulter avec une minutieuse attention jusqu'au moment précis de la prière du soir ; alors, il se mit à genoux, le visage tourné vers la Mecque et récita les versets du Koran par lesquels

(1) C'est-à-dire je n'ose dire que je possède autant de sciences que peuvent procurer un siècle d'études ordinaires.

un musulman termine le travail de sa journée. Le sarrasin se leva alors et passant dans l'intérieur de la tente, il tira d'une petite boîte d'argent une éponge imbibée sans doute d'une essence aromatique, car en la plaçant sous le nez du dormeur, celui-ci éternua, s'éveilla et promena autour de lui des yeux hagards. Il était effrayant à voir, ainsi dressé sur son séant, le torse à demi-nu, les os et les muscles faisant saillie à la surface de la peau comme s'ils eussent été à découvert. Son regard, cependant, se ranima. Nous reconnais-tu, vassal? lui demanda le baron. — Pas précisément, monseigneur, répondit une voix faible. Mon sommeil a été long et rempli de rêves. Cependant, je vois, que vous êtes un noble lord d'Angleterre à votre croix rouge,. et que l'autre seigneur est un saint prélat qui ne refusera pas sa bénédiction à un pauvre pécheur tel que moi. — La voici, répondit l'archevêque et il le bénit d'un signe de croix, mais sans s'approcher du lit. — Vous voyez de vos yeux, dit alors le docteur arabe, que la fièvre a été terrassée ; il parle avec calme, il possède toute sa mémoire et son pouls ne bat pas avec plus d'intensité que le vôtre, vous pouvez facilement vous en rendre compte. L'Archevêque de Tyr déclina l'invitation : Thomas de Vaux, plus déterminé, voulut en avoir le cœur net et se convainquit que la fièvre était complètement disparue. — Cela tient du prodige, dit-il en s'adressant au prélat ; cet écuyer est vraiment guéri, je vais conduire sans retard ce médecin à la tente du roi. — Attendez, dit le sarrasin ; laissez-moi achever une cure, avant d'en entreprendre une autre. Il faut d'abord que j'administre à mon malade une seconde dose d'élixir. A ces mots, il tira de sa large ceinture un gobelet d'argent qu'il remplit d'eau et une sorte de sachet fermé, tissu d'argent et de soie ; il le plongea dans le gobelet et l'y tint cinq minutes. Les spectateurs crurent apercevoir dans l'eau une sorte d'effervescence, mais s'il y en eut une, elle s'évanouit sur-le-champ.

— Bois, dit le docteur au malade et réveille-toi complètement guéri. — Et c'est avec une pareille drogue que tu prétends guérir un monarque ? interrogea l'archevêque. — Je viens de guérir un mendiant ! est-ce que les rois du Frandjistan sont pétris d'une autre argile que les plus vils de leurs sujets ? — Qu'il nous suive sans plus de délai chez le roi, dit alors le baron. Il nous a prouvé qu'il possédait le secret qui peut lui rendre la santé. S'il lui arrivait de ne point en user, je me charge de lui faire passer le goût de la médecine !

Avant de s'en aller, le baron demanda au jeune écossais de garde dans la tente où s'en était allé le chevalier son Maître ; il lui apprit, dans un langage à peine intelligible qu'un officier du roi était venu le quérir, quelques instants avant leur arrivée.

*
* *

En effet, à peine laissé seul, Richard Cœur de Lion s'était mis à murmurer contre le baron de Vaux qui était parti trop tôt et ne revenait pas assez rapidement. En vain ses serviteurs tentaient tout pour le distraire, et deux heures environ avant le coucher du soleil, il avait envoyé un officier porter au chevalier du Léopard l'ordre de se rendre auprès de lui ; il espérait calmer son impatience en se faisant raconter par Kenneth ce qui avait causé son absence et sa rencontre avec le médecin maure. Le chevalier écossais fit son entrée dans la tente et se tint en présence du roi comme quelqu'un à qui de pareilles scènes ne sont pas étrangères. Le roi regarda fixement sire Kenneth tandis qu'il s'approchait de son chevet ; le chevalier en s'approchant plia le genou, puis se releva et se tint debout devant lui, dans une attitude pleine de déférence, mais non servile, c'est-à-dire dans l'attitude d'un officier devant son souverain. — Tu te nommes Kenneth du Léopoard, dit le roi, qui t'a conféré l'ordre de la chevalerie. — L'épée de Guillaume le Lion, roi d'Ecosse. — C'est une épée bien digne de conférer un tel honneur, et toi-même est bien digne de le recevoir. Nous t'avons vu te comporter vaillamment au fort de la bataille. Tu aurais déjà eu part à nos faveurs, n'eût été ta présomption sur certains sujets, présomption telle que la pardonner équivaut de notre part à la récompense de ton mérite. — Kenneth essaya de répondre mais sans réussir à parler. Le sentiment de son amour trop haut placé et le regard d'aigle dont Cœur de Lion semblait pénétrer son âme se combinaient pour le déconcerter. — Je vous ai fait appeler, sire chevalier, pour savoir pour quel motif et par quelle autorité vous avez entrepris votre pèlerinage à Engaddi ? — Par ordre du Conseil des Princes de la croisade. — Mais qui a osé donner un tel ordre sans m'en avoir touché un mot ? — Votre Altesse me permettra de lui faire remarquer qu'il ne m'appartient pas d'entrer dans de tels détails. En tant que croisé, et conformément à mon vœu, je me trouve dans l'obligation d'obéir, sans questionner, aux ordres qui me sont donnés par les princes et les chefs qui dirigent cette sainte entreprise. Certes, je déplore, avec toute la chrétienté, que votre indisposition vous éloigne de ces Conseils où votre vœu a tant d'influence, mais en ma qualité de soldat, mon devoir est d'obéir à ceux sur qui repose le droit de commander, faute de quoi je risque de donner un mauvais exemple à tout le camp. — Bien dit, le blâme ne t'est pas imputable, il l'est à ceux dont j'espère en demander un compte en règle aussitôt que le ciel aura permis que je me relève de ce lit de douleur. Quel est l'objet de ta mission ? — Je crois, sire, qu'il serait mieux de le demander à ceux qui m'ont envoyé et qui, eux, peuvent expliquer les motifs de ma mission, tandis que moi, je ne puis que rendre compte de sa forme et de son contenu. — Ne joue pas avec moi, beau sire ; ta sécurité pourrait s'en ressentir. — Ma sécurité, Monseigneur, je n'en fais plus aucun cas depuis que je me suis voué à cette sainte entreprise, n'ayant plus en vue que mon avenir céleste. — Par la messe, tu es un brave. Ecoute, sire chevalier, j'aime les Ecossais. Ce sont des guerriers intrépides, bien qu'entêtés et qu'au fond je crois loyaux et sincères, bien que la raison d'état les force souvent à dissimuler. Je mérite en quelque sorte leur reconnaissance, car je leur ai volontairement consenti ce qu'ils n'ont pu arracher par force ni à moi, ni à mes prédécesseurs. J'ai fait réédifier les forteresses de Roxburgh et de Berwich, laissées en gage à l'Angleterre, je vous ai rendu vos anciennes frontières et finalement je vous ai dispensé de votre hommage à la couronne d'Angleterre, hommage que je considérais comme injuste. J'ai essayé de me faire de libres et honorables amis, là où les rois mes prédécesseurs n'avaient essayé que de réduire à l'obéissance d'indociles et rebelles vassaux. — C'est vrai, monseigneur, tout cela se trouve inscrit dans le traité de Canterbury. C'est pourquoi un grand nombre d'Ecossais, et des meilleurs, sont allés se ranger sous vos bannières pour combattre les infidèles au lieu de rester en Ecosse pour ravager vos frontières. S'il n'en reste que peu, c'est que la mort a fait de larges trouées dans leurs rangs. — Je te reconnais et c'est au nom de ces bonnes relations qui existent entre nos deux pays que je vous rappelle qu'en ma qualité de principal membre de la Ligue, j'ai le droit de connaître les négociations entreprises par vos alliés. — Sire, puisqu'il en est ainsi, je vous dirai la stricte vérité, car je suis persuadé que vos desseins concernant l'objet de notre expédition sont simples et sincères, ce que je n'oserais garantir pour plusieurs des autres membres de la Ligue. Ma mission consistait donc à proposer, par l'intermédiaire de l'ermite d'Engaddi, un saint homme qui jouit du respect et de la protection de saladin lui-même. — La continuation de la trêve, sans doute. — Non par Saint-André, mais une paix durable et le retrait de nos troupes en Palestine. — Et les conditions de cette paix ? — Je les ai remises sous enveloppe scellée à l'ermite. — Mais il y a quelque chose d'autres que je désire savoir de vous. Avez-vous vu ma royale épouse à Engaddi ? — Selon ce que je puis savoir, non, Monseigneur, dit le chevalier en se troublant considérablement, car il se rappelait la procession nocturne dans la chapelle souterraine. — Je vous demande, répéta le roi d'un ton sévère, si vous ne vous êtes pas trouvé dans la chapelle des Carmélites à Engaddi et si vous n'y avez pas aperçu Bérangère, reine d'Angleterre et les dames de sa cour, qui s'y trouvaient en pèlerinage ? — Monseigneur, répondit Kenneth, je vous dirai la vérité comme si je me trouvais aux pieds d'un confesseur. Dans une chapelle souterraine où m'a conduit l'anachorète, j'ai vu un chœur de dames rendre hommage à une très vénérable relique, mais quant à dire si la reine d'Angleterre en faisait partie, je ne le sais pas. — Et parmi ces dames, ne s'en trouvait-il pas une seule que vous ayez reconnue ? — Sire Kenneth se tut. — Je vous demande, dit Richard en le regardant dans les eux, comme à un chevalier et à un gentilhomme, si ous avez reconnu ou non une des dames qui se trouvaient dans ce chœur ? — Sire, je crois que oui. — Et moi aussi, dit le roi en fronçant le sourcil, mais assez là-dessus. Tout léopard que vous êtes, sire chevalier, gardez-vous de tenter les griffes du lion. S'énamourer de la lune ne serait qu'un acte de déraison ; mais sauter du haut d'une tour dans l'espoir de l'atteindre, ce serait une folie dont dépendrait sa vie. — A ce moment on entendit du bruit à la porte de la tente et le roi reprit son ton de bienveillance ordinaire. Ce bruit provenait de la présence du Grand-Maître des Templiers et du duc de Montserrat, envoyés comme députés par le conseil, afin, disaient-ils, qu'il ne se livrât pas aux mains d'un médecin païen, soi-disant envoyé par Saladin avant que le dit conseil eût pris telles mesures lui permettant de vérifier ou de dissiper les doutes qu'ils nourrissaient à l'égard de la mission de ce personnage. Ils se retirèrent ensuite dans la tente extérieure.

Sur ces entrefaites, le médecin arabe entra et salua à la manière orientale le marquis et le Grand-Maître, revêtu de son vêtement de cérémonie. Ce dernier rendit la salutation avec une froideur calculée, le marquis avec cette affabilité qui lui était habituelle, et qui ne regardait ni au rang ni à la nation. Le Grand-Maître s'adressant au Musulman d'un ton sévère lui demanda comment il avait l'audace de prétendre exercer son art sur la personne d'un souverain chrétien d'une telle renommée. — Le soleil d'Allah, répondit le savant docteur, luit sur le Nazaréen aussi bien que sur le vrai croyant, et son serviteur ne sait point en faire de distinction entre eux lorsqu'il s'agit de guérison. — Infidèle Hakkim, sais-tu bien que si le roi Richard en mourait, tu serais écartelé par quatre chevaux ? — Ce serait d'une justice cruelle, car je ne puis user que de moyens humains, la destinée du roi est inscrite dans le livre de la lumière. — Sache, dit alors le marquis de Montserrat en intervenant dans la conversation ; sache, savant docteur, que nous ne mettons pas en doute l'étendue de tes connaissances, mais que ce que tu aurais de plus sage à faire serait de te rendre auprès du Conseil de notre sainte Ligue et d'expliquer aux savants médecins qu'il pourrait désigner ton moyen de guérir cet illustre malade. Ce serait te décharger d'une lourde responsabilité et du péril qui en pouvait dépendre. — Je vous comprends bien, messeigneurs ; mais la science a ses champions aussi bien que la guerre ; elle a même parfois ses martyrs comme la religion. J'ai l'ordre de mon souverain, le sultan Saladin, de guérir ce monarque nazaréen, et, avec l'aide du prophète, j'obéirai à ses ordres. Si j'échoue, je livrerai mon corps à vos épées altérées du sang des fidèles. Mais quant à discuter avec un incirconcis sur les vertus d'un remède dont j'ai obtenu la connaissance par un don du prophète, cela non. Je vous prierai donc de ne pas me retarder davantage dans l'accomplissement de ma mission. — Qui parle de retard, dit de Vaux, entrant précipitamment. Le temps est précieux. Mahomet, que Dieu le maudisse, se présenterait-il lui-même à la porte de la tente dans le même but qu'Adonibec et Hakim que je considérerais comme un péché de le faire attendre. Donc, entrons et qu'on se souvienne que le premier qui, par gestes ou par paroles, voudrait entraver ce savant médecin dans son opération se verra expulser par moi, et sans autre cérémonie, de la tente du Roi. — Ces paroles firent grimacer le Grand-Maître et tous pénétrèrent dans la tente intérieure où Richard les attendait avec cette impatience commune aux malades. Sire Kenneth, dans les circonstances, se sentit la liberté de suivre ces hauts dignitaires, mais, vu son infériorité, il resta debout durant la scène qui suivit.

Richard, à leur arrivée, s'écria : — Voilà une bonne et belle société qui vient voir Richard Cœur de Lion faire le grand saut. Mes nobles alliés, je vous salue comme représentants de la Ligue ; Richard se retrouvera parmi vous tel qu'autrefois ou bien vous emporterez au tombeau ce qui en reste. De Vaux, qu'il meure ou qu'il vive, tu as les remerciements de ton roi. Mais voici quelqu'un d'autre... Ah ! c'est notre brave Ecossais qui veut grimper au ciel sans échelle, qu'il soit aussi le bienvenu. Viens El Hakim et mets-toi à l'œuvre.

Le médecin, qui s'était déjà enquis des divers symptômes de la maladie du roi, considéra son pouls pendant longtemps et avec une profonde attention. Il remplit alors une coupe avec de l'eau de source et y plongea le petit sachet que nous connaissons déjà ; quand il en jugea le liquide suffisamment imprégné, il tendit la coupe au roi d'Angleterre. — Un moment, s'écria celui-ci, laisse-moi aussi vérifier les battements de ton pouls, comme tu viens de le faire pour moi. Comme il convient à un bon chevalier, j'ai aussi quelques notions de médecine. — Le Sarrasin tendit sa main sans la moindre hésitation. — Son sang n'est pas plus agité que celui d'un enfant, dit le roi. Il n'en est pas ainsi d'ordinaire avec ceux qui empoisonnent les rois De Vaux, que je vive ou que je meure, congédie El Hakim avec honneur et respect. Ami, rappelle-moi au souvenir du noble Saladin ; si je meurs, ce sera sans douter de sa bonne foi; si je vis, ce sera pour le remercier comme un guerrier désire l'être. — Il se leva, prit la coupe, la but jusqu'au fond, et retomba, comme s'il eût été épuisé, sur les coussins préparés pour le recevoir. Le médecin intima par signes à tous les assistants de quitter la tente et il ne resta plus auprès du malade que lui et De Vaux qu'aucune considération ne put faire partir.

IV

Le Grand-Maître et le chevalier de Montserrat s'étaient arrêtés devant l'entrée du pavillon royal, où ils eurent une longue conversation, des plus mystérieuses à en juger par le soin qu'ils prirent de s'écarter des tentes du camp anglais. A l'issue de cet entretien, l'italien se rendit chez Léopold d'Autriche. Celui-ci était à table entourée des seigneurs autrichiens dont le costume était des plus bizarres. Plusieurs d'entre eux portaient de longues barbes. Presque tous étaient vêtus de jaquettes de différentes couleurs, taillées, ornées et frangées d'une façon absolument étrangère à la mode occidentale. Un grand nombre de serviteurs de tout âge se trouvaient également dans le pavillon. Ils se mêlaient de temps à autre à la conversation, recevaient de leurs maîtres ce qui restait des mets et les dévoraient derrière les convives. Ajoutez à cela une foule de bouffons, de nains, de ménestrels, tous bruyants et importuns, à qui l'on avait donné du vin en abondance et dont la gaieté, stimulée par leurs nombreuses libations, s'était transformée en licence, et vous aurez l'idée de ce festin ducal qui ressemblait pas mal à une taverne allemande, bien qu'au milieu de ce désordre, Léopold eût conservé la plus stricte étiquette. Le roi d'Angleterre ne tarda pas à être mis sur le tapis par le bouffon favori du Grand-Duc qui s'était accoutumé à trouver dans le sobriquet de « Richard plante à balai » un sujet de plaisanteries toujours bien accueillies. Ce qui fournit au *spruch sprecher*, sorte de diseur de sentences qu'on rencontrait à cette époque dans toutes les cours allemandes, l'occasion de dire que le genêt était une humble plante, destinée à un usage encore plus humble et que ceux qui en portaient le nom devraient bien s'en rappeler. L'allusion à l'illustre emblème du Plantagenet parut aussi claire que possible. — Honneur à qui de droit, répartit le marquis de Montserrat, nous avons tous pris part aux combats et aux manœuvres de l'expédition et il me semble que d'autres princes méritent bien de participer au renom de gloire de Richard d'Angleterre? Holà ! quelque compagnon de la gaie science n'a-t-il pas quelque chanson à la louange de l'archiduc d'Autriche, notre hôte illustre? — Trois ménestrels s'avancèrent, mais deux furent réduits au silence par le diseur de sentences, qui paraissait remplir les fonctions d'ordonnateur du banquet et le poète préféré chanta en allemand des stances en l'honneur du plus vaillant chevalier de la croisade, ce que le *spruch sprecher* expliquait en faisant passer à la ronde une large coupe remplie de vin du Rhin et en faisant crier par tous les assistants un *Hoch* retentissant. La troisième strophe contenait l'inévitable éloge de l'aigle germanique. — L'aigle, expliqua l'interprète des pensées obscures, c'est l'emblème de notre archiduc.. c'est la créature qui vole le plus près du soleil. — Ce qui n'empêche pas le lion d'avoir pris son essor plus haut, dit Conrad négligemment. L'archiduc rougit et fixa son regard sur l'italien tandis que le *spruch-sprecher* répondit, après un instant de réflexion : — Le noble marquis m'excusera ; un lion, n'ayant pas d'ailes, ne peut pas prendre son essor au-dessus de l'aigle. — Sauf le lion de

St-Marc, ajouta en plaisantant le bouffon. — C'est la bannière vénitienne, dit le duc, mais ce n'est certes pas cette race amphibie, demi-noble et demi-marchande qui voudrait comparer son rang au nôtre. — Ce n'est pas au lion de Venise que je fais allusion, dit le marquis de Montserrat, mais aux trois lions passants d'Angleterre... autrefois léopards, les voici devenus de véritables lions, qui prennent la préséance sur toute espèce de quadrupèdes, d'oiseaux et de poissons ou malheur à qui voudrait s'y opposer. — Parlez-vous sérieusement, marquis, croyez-vous que Richard d'Angleterre veuille s'arroger une prééminence quelconque sur les souverains qui se sont alliés librement à lui dans cette croisade. — Je ne parle que d'après ce qui me frappe... Ne voit-on pas sa bannière flotter seule au milieu de notre camp comme s'il était le généralissime de toute l'armée chrétienne. — Pourquoi supporter un tel outrage avec une pareille patience et en parler avec un pareil sang-froid. — En vérité, Seigneur, ce n'est pas au pauvre marquis de Montserrat qu'il convient de protester contre une injure que supportent patiemment des princes aussi puissants que Philippe de France et Léopold d'Autriche. Ce ne peut être une honte pour moi alors que vous vous y soumettez. — J'ai déjà dit plusieurs fois à Philippe qu'il était de notre devoir de protéger les petits princes contre les invasions de cet insulaire ; mais il argue toujours de leurs relations en tant que suzerain et vassal et me répond que ce serait impolitique de sa part de rompre ouvertement avec lui à un tel moment. — On sait que Philippe est un sage et tout le monde jugera que sa réserve n'est que de la politique, mais vous, il est évident que vous avez de puissants motifs pour vous soumettre aux prétentions de cet insulaire .. — Me soumettre, s'écria Léopold avec indignation, moi, l'archiduc d'Autriche, moi, membre si important du saint Empire Romain, à ce roi d'une moitié d'île, à ce petit-fils du bâtard normand ! Non, de par le ciel. Tout le camp, toute la chrétienté, verront que je sais moi-même tenir mon rang. Allons ! mes vassaux, allons ! mes camarades, que l'aigle d'Autriche plane aussi haut que jamais bannière de roi ou d'empereur n'a flotté. A ces mots, il se leva de son siège, et, suivi de la troupe tumultueuse de ses hôtes, il se dirigea vers la porte et prit sa bannière. — Monseigneur, dit alors Conrad en faisant mine de s'interposer on pourrait vous accuser de causer du tumulte dans le camp à cette heure et il vaudrait peut-être mieux se soumettre aux usurpations de l'Angleterre que... — Pas une minute de plus... et l'étendard en main, il se dirigea vers un monticule qui s'élevait au centre du camp et où flottait la bannière de Richard. Au lieu de l'arracher, comme telle paraissait être son intention, il se contenta de placer la sienne à côté non sans produire un tumulte assez considérable dans cette partie du camp.

L'heure était arrivée à laquelle le médecin avait prédit que le roi pourrait être éveillé sans danger. Il ne fallut pas un temps bien long au savant arabe pour s'assurer qu'il ne serait pas même nécessaire de donner, comme il le fallait, presque toujours, une seconde dose de l'héroïque remède. Richard se levant alors sur son séant demande à De Vaux combien il pouvait y avoir en ce moment d'argent dans ses coffres. Le baron répondit qu'il ne savait pas au juste le montant de la somme. — Forte ou faible, dit le roi, donne-la a ce savant médecin... s'il s'y trouve moins de mille besants, complète la somme avec quelques joyaux. — Je ne vends pas la science dont Allah m'a fait don, répondit l'Arabe ; sachez d'ailleurs, grand prince, que ce divin remède perdrait son efficacité dans mes mains si je le donnais pour de l'or ou de l'argent. — Comme De Vaux s'exclamait à l'ouïe d'un tel désintéressement : — Thomas, s'écria le roi, voilà un Maure qui pourrait donner un exemple à bien des gens qui se considèrent comme la fleur de la chevalerie. — C'est une récompense assez grande pour moi, dit le sarrasin en croisant ses bas sur sa poitrine et en conservant une attitude noble et respectueuse à la fois, qu'un aussi puissant roi que Melec Rik daigne ainsi parler de son serviteur. Mais qu'il me permettre de lui demander de se recoucher tranquillement, car tout en regardant comme inutile d'avoir recours à une seconde dose de ce remède sacré, vous pourriez vous exposer à une rechute en faisant un emploi prématuré de vos forces. — Il faut t'obéir, Hakim ; je me sens cependant si bien délivré de cette fièvre dévorante que je ne craindrais pas de m'exposer au fer de la lance... Mais d'où proviennent ces cris et cette musique ?...

— C'est l'archiduc Léopold, dit De Vaux en rentrant après une minute d'absence, qui fait une procession dans le camp avec ses compagnons de bouteille... — Qu'en dites-vous, marquis ? interrompit Richard en s'adressant à Conrad de Montserrat qui venait d'entrer dans la tente, et qui s'apprêta à répondre sans porter aucune attention aux signes désespérés du baron de De Vaux. — Personne ne peut attacher d'importance aux actes de l'archiduc et lui peut-être moins que tout autre, cas il ne sait guère ce qu'il fait, mais c'est une plaisanterie à laquelle je n'aurais pas voulu me mêler, car il est occupé à enlever la bannière d'Angleterre du mont Saint-Georges pour y planter la sienne. — Que dis-tu, s'écria le roi d'une voix qui aurait fait tressaillir les morts. — Que votre Majesté ne s'irrite pas des folies d'un fou. — C'en est assez, et s'élançant du lit avec une agilité qui semblait merveilleuse, ne m'arrêtez pas, seigneur marquis... De Vaux, pas un mot, et toi, Hakim, silence, je te l'ordonne.

Rapidement habillé, le roi sortit de la tente ; les vêtements en désordre, armé seulement de son épée qu'il avait arrachée à l'un des piliers de sa chambre, il se dirigea sans prendre garde aux cris qui s'élevaient autour de lui vers le mont Saint-Georges, suivi du baron De Vaux et de deux ou trois serviteurs. Il devança même l'alarme que son impétuosité avait excitée et c'est sans être remarqué de ses troupes qu'il passa au milieu d'eux. Seul, le chevalier du Léopard remarqua l'allure précipitée du roi et, flairant quelque danger, il prit son bouclier et son épée et se mit à la suite de Richard et du baron. Le monarque parvint bientôt au pied du mont Saint-Georges, couvert en partie des gens de la suite du duc d'Autriche qui célébraient avec des cris de joie l'action qu'ils considéraient comme un hommage rendu à leur honnuer national. Richard s'élança au travers de cette foule, suivi de deux hommes seulement, mais avec cette énergie et cette impétuosité qui le rendaient aussi redoutable qu'une armée. — Qui donc a eu l'audace, s'écria-t-il en portant la main sur la bannière autrichienne, qui donc a eu l'audace de placer ce misérable chiffon à côté de la bannière d'Angleterre ? — L'archiduc ne manquait pas de courage personnel ; cependant, surpris de l'arrivée inattendue de Cœur de Lion et frappé de la crainte générale qu'inspiraient son inflexibilité et sa témérité, il fallut que la question fût posée deux fois de suite d'une voix de tonnerre pour que l'archiduc, rassemblant toute sa fermeté, répondît : — C'est moi, Léopold d'Autriche. — Ah ! c'est toi, Léopold d'Autriche ; et brisant la hampe de l'étendard autrichien, le jetant à terre et le foulant aux pieds, eh bien ! voici le cas que nous faisons de tes prétentions et de ta bannière. S'en trouve-t-il un parmi vos chevaliers teutoniques qui ait quelque chose à redire ?

Il y eut un moment de silence, mais les allemands sont braves. — Moi, moi, moi ! s'écrièrent en même temps plusieurs chevaliers de la suite du duc. Une sorte de géant, le comte de Wallenrode, tira même son épée et porta au roi un coup qui aurait pu être mortel si le chevalier du Léopard ne l'eût paré avec son bouclier. — J'ai juré, dit alors le roi Richard dont la voix domina le tumulte, j'ai juré de ne jamais frapper un homme dont l'épaule porterait la croix ; tu vivras, Wallenrode, mais tu te souviendras de Richard d'Angleterre. — A ces mots il saisit le gigantesque teuton par le milieu du corps et le renversa avec une telle violence que cette masse gigantesque alla rouler jusqu'au bas du monticule, où il resta comme mort. Cette preuve de vigueur n'encouragea ni le duc ni les autres à poursuivre un combat si mal commencé. Ceux qui étaient le plus loin de la scène criaient bien : « A mort, en pièces ce chien d'insulaire, » mais ceux qui en étaient les plus voisins, déguisant peut-être leurs craintes personnelles sous le prétexte de rétablir l'ordre, couvraient les cris des premiers par des « Paix ! Paix ! Paix ! Au nom de la croix, de notre mère l'Eglise et de notre saint Père le Pape. » De Vaux et le chevalier du Léopard étaient restés près du roi d'Angleterre et leur attitude semblait indiquer qu'ils le défendraient jusqu'à la dernière extrémité.

En ce moment parut le roi de France, suivi de deux ou trois chevaliers, amené par le bruit de l'altercation. Les qualités royales qui avaient valu à Philippe le nom d'Auguste pouvaient le faire considérer comme l'Ulysse de la croisade dont Richard était incontestablement l'Achille. Un coup-d'œil lui révéla que, dans les circonstances actuelles, la prudence et le calme devaient venir à bout de la violence et de l'impétuosité. — Que signifie cette querelle entre compagnons jurés de la sainte Croix ? interrogea le roi de France d'un air qui affectait une vive surprise. Est-ce bien Sa Majesté Royale d'Angleterre et le duc souverain Léopold que je vois se défier l'un l'autre, eux les chefs et les piliers de cette sainte expédition. — Trêve de remontrances, Philippe, s'écria Richard, intérieurement furieux de s'entendre placer au même rang que Léopold. Ce duc, ce chef, ce pilier s'est conduit comme un inso ent et je l'ai châtié, voilà tout... Voilà bien du vacarm pour quelques coups de pieds flanqués à un chien. — Roi de France, dit le duc, j'en appelle à vous et à tous les autres princes souverains de l'affront sanglant que je viens de recevoir : le roi d'Angleterre a arraché et foulé aux pieds ma bannière au lieu que voilà. — Parce qu'il a eu l'audace de la planter à côté de la mienne, répliqua Richard. — Ne suis-je pas d'un rang égal au tien ? répartit le duc enhardi par la présence de Philippe. — Essaie de soutenir cette prétention personnellement et par saint Georges ! je ferai de toi ce que j'ai fait de cette misérable loque... — De grâce, un peu de patience, reprit Philippe, et je me charge de prouver son tort au duc d'Autriche. Ne croyez pas, noble duc, dit-il en s'adressant à ce dernier, qu'en laissant ériger la bannière d'Angleterre sur le sommet de ce monticule, nous nous soyons, nous souverains indépendants, reconnus en quoi que ce soit inférieurs au Roi Richard. Loin de là, puisque l'oriflamme, la bannière de France elle-même se trouve dans une position inférieure à celle des trois lions d'Angleterre, lors même que votre royal frère y rende hommage pour ses possessions du continent. Mais, c'est en tant que croisés, qui avons mis de côté les pompes et la vanité de ce monde, afin de nous tracer avec nos épées le chemin du saint Sépulcre, que nous avons concédé au roi Richard, par égard pour sa renommée et ses hauts faits d'armes, cette préséance que nulle part ailleurs et en aucune autre circonstance nous ne lui eussions pas accordée. Je suis d'ailleurs convaincu, conclut Philippe, que

Sa Grâce l'archiduc d'Autriche reconnaîtra après réflexion, le bien fondé de mes paroles.

Le duc répondit d'un air sombre qu'il porterait cette querelle devant le conseil général de la Croisade, ce que Philippe approuva hautement, comme de nature à éviter un scandale nuisible aux intérêts de la chrétienté. Richard attendit que son royal frère de France eût épuisé son éloquence. — Je me sens assoupi, murmura-t-il alors... Cette maudite fièvre me tient encore... Frère de France, tu me connais et tu sais que je ne perds jamais de temps en paroles. Sache donc que, pour une affaire touchant l'honneur de l'Angleterre, il ne saurait être question de la soumettre ni à prince, ni à pape, ni à conseil. Voici mon étendard Quelle que soit la bannière qui en approche à la distance de trois fois sa longueur, fût-ce l'orîflamme même dont on parlait tout à l'heure, elle aura le même sort que celle que je viens de fouler aux pieds, et comme satisfaction, j'offrirai ces membres affaiblis en défi à un champion, à cinq même si l'on veut. — Philippe répondit avec calme au défi presque outrageant de Richard. — Je ne suis pas venu ici pour susciter de nouvelles querelles contraires au serment que nous avons fait et à la sainte cause dans laquelle nous nous sommes engagés. La seule rivalité qui puisse exister entre le lion d'Angleterre et les lis de France, c'est à qui s'enfoncera le plus en avant dans les rangs des infidèles. — J'accepte le défi, royal frère, reprit Richard, en lui tendant la main avec cette franchise qui le caractérisait et puissions-nous bientôt avoir l'occasion de le relever. — Et ils se séparèrent avec la plus apparente cordialité.

Richard, qui n'était point tranquille sur le sort de sa bannière durant la nuit, voulut en confier la garde au baron de Vaux. — Le salut de l'Angleterre m'est plus cher encore, répliqua le normand, et ce salut tient à la vie de Richard. Il faut que je reconduise Votre Majesté à sa tente et cela sans attendre un moment de plus. — Tu es une garde-malade bien exigeante, répondit le roi et se tournant vers Kenneth : Vaillant Ecossais, je te dois une récompense et je veux m'en acquitter honorablement... Voici la bannière d'Angleterre ! Ne t'en éloigne pas de trois bois de piques, et défends-la de ton corps contre toute insulte et tout affront. Si plus de trois hommes à la fois t'attaquent, sonne du corps. Te charges-tu d'en répondre ? — Volontiers sire, répondit l'Ecossais, sur ma tête... et se dirigeant vers sa tente, il courut y prendre le reste de ses armes.

. . . .

— Tu vois, disait quelques heures plus tard le marquis de Montserrat au Grand-Maître des Templiers, qu'adresse réussit mieux que violence. J'ai relâché les liens qui unissaient ensemble ce faisceau de sceptres et de lances, tu les verras bientôt tomber et se rompre. — Ce plan eût été excellent, répondit le templier, si parmi ces flegmatiques autrichiens, il se fût trouvé un seul chevalier capable de trancher d'un coup de son épée les liens que tu n'as fait que relâcher.

V

Il était minuit. La lune illuminait le ciel de sa pure clarté. Le chevalier du Léopard gardait soigneusement son poste. De flatteuses pensées se succédaient l'une à l'autre dans l'esprit du vaillant chevalier. Il croyait avoir trouvé faveur aux yeux de ce souverain chevaleresque qui ne l'avait pas distingué jusque-là et il n'était pas fâché que cette marque de la faveur royale consistât à lui confier un poste dangereux. Son ambitieux amour contribuait à enflammer encore cet enthousiasme. La fortune avait diminué la distance qui le séparait d'Edith Plantagenet et celui à qui Richard avait confié la garde de sa bannière n'était plus un obscur aventurier. S'il était tué, et il avait résolu de vendre chèrement sa vie, son sort serait regretté et peut-être pleuré par les plus nobles beautés d'Angleterre. La nature était plongée dans un profond silence et les longues avenues de tentes étaient aussi désertes que les rues d'une ville abandonnée. A quelques pas de la bannière était couché son noble chien dont il escomptait la vigilance pour être averti de l'approche de tout être qui s'aventurerait dans les parages. L'intelligent animal semblait comprendre dans quel but il était là, car aux cris des sentinelles qui de temps en temps se répercutaient dans le lointain, il répondait par un seul aboiement, long et prolongé, comme pour affirmer que, lui aussi, il se trouvait à son poste.

Deux heures se passèrent sans que rien d'anormal ne se produisît. Tout à coup le brave lévrier aboya prêt à sauter du côté où l'ombre était le plus épaisse. — Qui vive ! s'écria l'Ecossais apercevant une masse noire rampant dans l'ombre. — Au nom de Merlin et de Maugis, répondit-on, arrêtez votre colère ou je n'approche pas. — Qui que tu sois, viens à la clarté de la lune et dis ce que tu veux, sinon, par saint André, je te cloue sur le sol. Après quelques pourparlers, une créature difforme que le chevalier reconnut de suite pour l'un des deux nains qu'il avait entrevus dans la chapelle d'Engaddi, sortit de l'ombre et prenant un air de dignité ridicule, il étendit la main droite comme s'il s'attendait à ce que l'Ecossais le saluât. Cette attitude n'ayant pas eu l'effet désiré, il demanda d'une voix irritée : — Soldat, pourquoi ne rends-tu pas à Nectabanus l'honneur qui lui est dû ? Se pourrait-il que tu l'aies déjà oublié ? — Grand Nectabanus, répondit Kenneth s'amusant à adoucir la colère du nain, cela serait difficile pour quiconque t'a vu une seule fois. Tu me pardonneras néanmoins ; la garde que je monte autour de cette royale bannière, garde qui ne peut être interrompue d'une seconde, m'empêche seule de reconnaître ta dignité, bien que je m'incline aussi humblement qu'un soldat en armes puisse le faire ? — Cela suffit, reprit Nectabanus, suis-moi auprès de ceux qui m'ont envoyé vers toi. — Illustre sire, je ne puis non plus satisfaire ce désir, car je ne puis quitter ce lieu avant l'aurore. — A ces mots, il recommença sa promenade autour de l'étendard, mais le nain n'entendait pas le laisser quitte à si bon compte. Il lui expliqua dans un langage métaphorique qu'il venait de la part d'une beauté dont le nom seul rappellerait les génies de leur sphère. A ces mots, une idée insensée traversa l'esprit du chevalier, idée qu'il repoussa aussitôt ; mais quel ne fut pas son étonnement, lorsque la difforme créature lui montra une bague de rubis que même à la clarté de la lune il lui fut facile de reconnaître comme étant celle de la noble dame au service de laquelle il s'était consacré. Un petit nœud de ruban grenat attaché à la bague levait tout soupçon. C'était la couleur favorite d'Edith Plantagenet, couleur qu'il avait embrassée comme sienne et fait triompher maintes fois tant dans les tournois que sur le champ de bataille. — Nous ne voulons pas parlementer avec vous davantage, déclara Nectabanus, sinon que te commander, au nom et par la vertu de cette bague, de te rendre auprès de celle à qui elle appartient. Chaque minute de retard est un crime contre la foi que tu lui as jurée. — Bon Nectabanus, répondit le chevalier. Réfléchis. La dame de mes pensées sait-elle quelle faction me retient ici ? Sait-elle que ma vie, que dis-je, mon honneur dépend de ma présence dans ce lieu jusqu'au jour ? Peut-elle désirer que j'abandonne mon poste même pour lui rendre hommage ? C'est impossible. La princesse est satisfaite de son serviteur, voilà ce que veut dire ce message et c'est ce que prouve le choix du message. — Oh ! dit Nectabanus, crois ce que tu veux. Peu m'importe que tu sois loyal ou non à la noble dame de tes pensées. Adieu donc ! — Le chevalier, dans le cœur duquel se livrait un terrible combat, voulut savoir à quelle distance se trouvait la dame qui avait envoyé le nain vers lui. Nectabanus lui affirma qu'elle se trouvait à peine à une portée d'arbalète. — Ecoute, lui dit le nain, écoute soupçonneux et froid chevalier, voici les propres paroles de la noble cousine du roi Richard : « Tu lui diras que la main qui sema les roses peut concéder les lauriers. »

Cette allusion à leur entrevue dans la chapelle d'Engaddi fit naître mille pensées dans l'esprit de Sire Kenneth et le convainquit de la véracité du message. Oubliant tout et plaçant son bon chien sur son manteau qu'il jeta aux pieds de la bannière, il se dirigea vers une tente que lui désigna le nain. Malgré ses hésitations, Nectabanus l'introduisit sous la lourde étoffe en lui disant tout bas du dehors : — Reste ici jusqu'à ce je t'appelle.

*
* *

Le chevalier du Léopard se trouva livré pendant quelques instants à une obscurité des plus profondes. C'était un délai auquel il se s'attendait pas et il commençait à se repentir d'avoir quitté son poste avec tant de facilité. De plus, sa présence dans la tente royale, car il ne doutait pas qu'il s'y trouvât, pouvait lui valoir les châtiments les plus sévères. Ces amères réflexions occupaient son esprit quand il entendit des voix de femmes s'élever dans une chambre dont il n'était séparé que par un simple rideau. — Faites-la venir, par notre Dame, dit l'une des voix. Nectabanus, tu seras envoyé comme ambassadeur à la cour du Prêtre Jean pour leur faire voir comment tu sais t'y prendre pour remplir une mission. — Mais comment nous débarrasserons-nous de l'esprit que Nectabanus a évoqué, mesdames. — Ce ne serait que justice, dit une autre voix, que la princesse Genèvre renvoie par politesse celui que l'habileté de son mari a su amener jusqu'ici. — Frappé au cœur par ce qu'il venait d'entendre, Sire Kenneth allait quitter la tente, à ses risques et périls, lorsque ce qu'il entendit l'arrêta. — Non ! dit une voix qu'il reconnut pour celle de la Reine Berangère, épouse de Richard, ma royale cousine doit savoir comment ce fameux chevalier s'est conduit; ce sera une bonne leçon pour elle de savoir qu'il a abandonné son poste, car crois-moi, Calixta, j'ai parfois eu la pensée qu'elle laissait prendre à ce septentrional aventurier une trop grande place dans son cœur. — A ce moment Edith entra et une nouvelle ombre apparut sur le rideau. En dépit de ce qu'il avait entendu dire à son sujet, le chevalier s'était soulagé à la pensée que la Dame de son cœur n'avait en rien coopéré au tour qui venait de lui être joué. On entendait des rires étouffés, des chuchotements. Edith fit enfin la remarque que la Reine semblait être de joyeuse humeur malgré l'heure tardive. — Je ne vous retiendrai pas longtemps, cousine, dit la reine; mais j'ai bien peur que vous ne dormiez guère profondément en apprenant que vous avez perdu votre gageure. — Laquelle donc, Madame. — En dépit de votre pèlerinage, belle cousine, le tentateur exerce encore sur vous un grand empire. N'avez-vous pas parié votre bague de rubis contre mon bracelet d'or que ce chevalier du Léopard ne pourrait point être détourné de son poste ? — Je n'oserai jamais vous contredire, mais ces dames peuvent dire que c'est votre

Majesté qui a proposé une telle gageure et quant à moi, j'ai déclaré qu'il n'appartenait pas à des filles de mon rang de faire un tel pari. — Là-dessus s'engagea une discussion un peu confuse dans laquelle Edith, accusée d'avoir exprimé sa confiance dans la valeur du chevalier écossais, prit un ton de voix assez irrité. — Somme toute, voulut conclure Berangère, une brave princesse de la maison de Navarre, dont le seul défaut était d'être un peu légère, la grande affaire. Un jeune chevalier a été enlevé à son poste, que personne ne troublera en son absence, pour l'amour d'une belle dame, et, pour dire la vérité et rendre à votre champion la justice qui lui est due, ce n'est qu'en se servant de votre nom que le sage Nectabanus a pu lui faire abandonner sa faction !... — Grand Dieu, votre Majesté plaisante !... Mais j'aurais donné mille rubis plutôt qu'une bague de moi ou que mon nom eût servi à détourner un brave soldat de son devoir et à attirer sur lui peut-être la honte ou le châtiment. — Oh ! si c'est pour la sécurité de notre brave chevalier, dit la reine, il me semble que vous appréciez trop peu notre puissance en disant qu'une vie peut être perdue pour une escapade de notre part. Milady Edith, il en est d'autres que vous qui possèdent de l'influence sur des cœurs de fer : le cœur même d'un lion est de chair et non de pierre : il me reste encore assez de pouvoir pour épargner à ce chevalier les rigueurs dont pourrait le menacer Richard. — De par la croix bénie, s'écria alors Edith, de par notre Dame et tous les saints, prenez garde, royale Majesté, vous ne connaissez point le roi Richard, vous n'êtes que depuis peu son épouse ; votre souffle pourrait mieux combattre l'ouragan que vos paroles persuader mon royal parent de pardonner un manquement à la discipline. Pour l'amour de Dieu, Madame, renvoyez ce gentilhomme à son poste si c'est vrai que vous l'en ayez détourné ! J'aimerais mieux qu'on suppose que c'est moi qui en suis la cause et apprendre qu'il est retourné où son devoir l'appelle. — Levez-vous, cousine, levez-vous et soyez sûre que tout se passera bien mieux que vous ne croyez. Lève-toi, ma chère Edith, je regrette d'avoir pris comme amusement un chevalier en qui tu prends un si vif intérêt. Quitte ce regard désolé, j'en prendrai toute la faute sur moi en en parlant au roi Richard. Laisse ce regard chargé de reproche. Nectabanus, va reconduire ce beau chevalier à son poste. Il doit se trouver dans une tente non loin d'ici... — Par ma couronne de lis et mon sceptre de bons et beaux roseaux, Votre Majesté se trompe : il est beaucoup plus près que vous ne le pensez, il se trouve caché derrière ce rideau. — Il a entendu tout ce que nous disons, s'écria la reine d'un ton qui exprimait la surprise et l'agitation. Va-t-en, monstre de folie et de malice !... — Que faire maintenant? demanda la Reine à Edith. — Voir ce gentilhomme et nous confier à sa discrétion et à ces mots elle se mit à tirer le rideau. — Arrêtez !... mon appartement, notre vêtement, l'heure, mon honneur, considérez, et elle s'enfuit avec sa suite.

Il convient de dire ici que la chaleur du climat avait amené ces nobles dames à un déshabillé trop prononcé peut-être pour des personnes de leur classe et surtout pour un visiteur du sexe fort. — Seule, l'agitation de Lady Edith l'empêcha de remarquer que ses cheveux étaient échevelés et qu'elle n'était couverte que d'une simple robe de soie rose, les pieds nus chaussés de babouches. Elle serra cependant son châle sur sa poitrine, mit derrière elle la lampe qui projetait une trop grande clarté sur sa figure et c'est avec hâte qu'elle dit au chevalier, immobile dans le coin de la tente. — Hâtez-vous de retourner à votre poste, brave chevalier. On vous a trompé en vous entraînant ici : ne demandez point d'explications. — Je n'en demande aucune, répondit le chevalier, avec un ton plein de respect, tandis qu'il tenait les yeux fixés sur le sol dans le but de ne pas augmenter la confusion de la dame de ses pensées. — Vous avez tout entendu ? Bonté divine ! comment pouvez-vous demeurer une minute de plus alors que chaque minute qui s'écoule est une minute de déshonneur — C'est de vos lèvres que je viens d'entendre que je suis déshonoré, noble dame, que m'importe maintenant la punition ? Je n'ai plus qu'une prière à vous adresser et j'irai chercher parmi les sabres des infidèles si le sang ne peut laver le déshonneur. — Non, non ! soyez avisé ! partez vite ! tout peut aller bien encore si vous vous éloignez. — Il ne me reste plus qu'à implorer votre pardon pour la présomption que j'ai nourrie de croire que vous auriez pu requérir mes humbles services. — Je vous pardonne. Oh ! d'ailleurs, je n'ai rien à pardonner ! J'ai été le moyen de vous causer tout cet ennui ! Mais partez ! Je vous pardonnerai, mais à la condition que vous vous en alliez — Auparavant, acceptez ce précieux mais fatal joyaux et il tendit la bague à Edith dont les gestes témoignaient l'impatience. — Oh non ! dit-elle en refusant de la recevoir, gardez-la, gardez-la comme une marque de mon égard — je veux dire de mon regret. Adieu donc, sinon pour l'amour de vous, du moins pour l'amour de moi ! Au même moment la timidité naturelle de son sexe l'emportant sur tous ses autres sentiments, Edith éteignit la lampe, se retira et laissa le chevalier dans les ténèbres.

C'est avec peine qu'en proie à ses réflexions, il se dirigeait au milieu des tentes, dans la direction du mont Saint-Georges, lorsqu'il entendit un aboiement féroce, puis un hurlement d'agonie déchirer l'air. En quelques minutes, il avait atteint le sommet du monticule ; à ce moment la lune sortit d'un épais nuage et sa pâle clarté lui montra que la bannière d'Angleterre était disparue, que la hampe en gisait rompue sur le sol et que son fidèle lévrier était étendu dans une mare de sang.

*
* *

La première pensée de Sire Kenneth fut de chercher les traces des auteurs de cette injure faite à la bannière d'Angleterre, mais toutes ses recherches furent vaines. La seconde fut consacrée à son chien qu'il trouva mortellement blessé et qui semblait user ses dernières forces à caresser son maître. A la fin, l'énergie naturelle du chevalier fit place à un torrent de sanglots. Tandis qu'il se livrait ainsi à son désespoir, une voix claire et solennelle se fit entendre : ces paroles étaient prononcées d'un ton sentencieux et en langue franque : « L'adversité est, comme les dernières pluies, froide et pénible pour l'homme ; et cependant c'est d'elles que naissent la fleur et le fruit ; la datte, la rose et la grenade. »

A cette phrase extraite du Coran, Sire Kenneth se retourna et il aperçut à quelques pas de là, grave, les jambes croisées, le docteur musulman. Honteux d'être surpris pleurant comme une femme, l'Écossais essuya ses larmes avec précipitation. — Le poète a dit, continua l'Arabe sans prêter aucune attention à l'embarras du chevalier : le bœuf est pour les champs et le chameau pour le désert. La main du médecin, moins habile à faire des blessures que celle du médecin, n'est-elle pas plus propre à les guérir. — Kenneth lui fit remarquer que les secours de son art ne pouvaient plus rien pour l'animal. blessé. Après avoir examiné, sondé et pansé sa blessure, El Hakim déclara qu'il vivrait et demanda au chevalier l'autorisation de l'emporter dans sa tente. — Emportez-le avec vous, répondit ce dernier ; s'il guérit je vous en fais volontiers don. Quant à moi, c'en est fait, je ne ferai plus résonner le cri du cor, je ne pousserai plus le cri de guerre ! Tu possèdes, Hakim, sur cette terre, la science la plus merveilleuse qu'ait jamais déployée aucun homme, mais les blessures de l'âme sont au-dessus de ton pouvoir. — Non pas ! si le malade veut confier le mal dont il souffre au docteur et s'en remettre à ses soins. — Sache donc qu'hier soir la bannière d'Angleterre fut placée sur ce monticule et que j'ai été désigné pour la garder. Voici l'aube, il ne reste plus que les débris de la hampe, l'étendard lui-même a disparu, moi seul je reste. — Eh quoi, ton armure est entière... point de sang sur tes armes et pourtant on te cite comme un homme dont la coutume n'est pas de revenir ainsi du combat. Hors du camp t'auront sans doute attiré les yeux noirs et les joues roses d'une de ces houris auxquels vous autres nazaréens rendez le culte qu'on devrait rendre à Allah au lieu de cet amour qu'il n'est permis d'accorder à une enveloppe d'argile aussi fragile que la nôtre. — Et quand cela serait, quel remède y aurait-il ? — Le sage lui-même fuit la tempête à laquelle il ne peut commander, et, comme commentaire à cette maxime, El Hakim lui conseilla de se rendre au camp sarrasin, où sans le forcer à abjurer le christianisme, Saladin, sur sa recommandation, pourrait l'élever assez haut dans ses bonnes grâces. Ecoute, mon fils, lui dit le sage arabe, votre croisade n'est plus qu'un immense vaisseau dont toutes les pièces se rompent. Toi-même tu as été porteur des conditions d'une trêve demandée au puissant sultan par vos princes. De tous côtés on recherche l'amitié de Saladin ; les différents chefs de cette ligue formée contre lui se sont réunis pour lui faire des propositions qu'à toute autre occasion son honneur lui eût permis d'accepter. Il en est même qui veulent séparer leurs forces de celles des rois du Frandjistan et même prêter l'appui de leurs armes à l'étendard du prophète. Mais Saladin ne veut pas profiter de telles offres, Saladin ne veut conclure de traité qu'avec Melec-Rik. Il peut de sa propre générosité lui accorder des conditions que toutes les épées de l'Europe ne lui arracheraient pas. Et ici il lui énuméra quelques-unes des concessions extraordinaires que le sultan consentirait à Richard. Bien plus, continua le médecin, sachez donc que Saladin scellera d'une manière sacrée cette heureuse paix en élevant au rang de son épouse une fille chrétienne alliée au roi Richard et connue sous le nom de Lady Edith de Plantagenet. — Que dis-tu, interrompit Kenneth qui jusqu'alors avait écouté d'une oreille assez distraite le discours du docteur... puis maîtrisant son émotion afin d'en apprendre davantage penses-tu que Richard voudrait jamais consentir à ce que sa parente, une illustre et vertueuse princesse, devînt la sultane favorite du harem d'un infidèle ? — Tu n'es qu'un Nazaréen impie et aveugle ! Des princes mahométans d'Espagne ne s'allient-ils pas tous les jours à de nobles nazaréennes, sans qu'il en résulte aucun scandale soit chez les maures, soit chez les chrétiens. D'ailleurs le noble Saladin laisserait la jeune anglaise jouir et de sa religion et de la liberté que les mœurs franques accordent aux femmes. Et son rang dans son harem serait tellement élevé qu'à tous égards elle serait son unique épouse... D'ailleurs Philippe de France, Henri de Champagne, ainsi que d'autres alliés de Richard ont appris cette proposition sans marquer aucun étonnement. L'archevêque de Tyr lui-même s'est chargé de faire part de ces offres à Richard. Debout donc, chevalier, et pars pour le camp du sultan. Tes conseils seront écoutés par Saladin, tu peux lui fournir une foule de renseignements sur le mariage des chrétiens, la façon dont ils traitent leurs femmes et d'autres points de leurs lois, de leurs usages, de leurs coutumes, qu'il serait bien aise de connaître. La main droite de Saladin dispose des trésors de l'Asie et c'est une fontaine de générosité. Ou bien une fois allié avec Richard, le sultan obtiendra non seulement ton pardon, mais encore un commandement dans les troupes qu'aux termes du traité Richard laisserait conjointement avec Saladin en Palestine ! Hâte-toi donc ! Tu refuses ?... Songe donc qu'en demeurant ici tu t'exposes à un trépas certain et les préceptes de ta loi, ainsi que les nôtres, défendent à l'homme de briser le tabernacle de sa propre vie. — Dieu m'en préserve ! répliqua l'Ecossais, en se signant dévotement, mais nos préceptes nous défendent également de nous soustraire au châtiment que nos crimes ont mérité, et puisque tu as des notions si peu exactes au sujet de la fidélité, sache que je regrette presque de t'avoir donné mon chien, car s'il vit, le brave animal aura un maître ignorant de sa valeur. — Un don regretté est un don révoqué ; seulement, nous autres médecins, nous n'avons pas coutume de renvoyer le malade avant qu'il soit guéri. S'il guérit, ce lévrier t'appartiendra de nouveau. — Pars, Hakim, ce n'est plus le moment de s'occuper de lévrier ou de faucon lorsqu'on n'a plus qu'une heure à vivre. Laisse-moi me rappeler mes péchés et me réconcilier avec Dieu. — Je t'abandonne à ta folle obstination, le brouillard cache le précipice à ceux qui doivent y tomber.

Il partit lentement, se retournant de temps à autre, pour voir si le chevalier ne le rappellerait pas par un mot ou un signe, puis son turban disparut au milieu du labyrinthe de tentes que blanchissait déjà l'aube naissante.

*
* *

A l'heure du lever du soleil, on entendit approcher du pavillon du roi le pas lourd d'un homme armé et de Vaux qui dormait à côté du lit de son maître d'un sommeil aussi léger que celui d'un chien de garde avait à peine eu le temps de se lever et de crier. : « Qui vive » lorsque le chevalier du Léopard entra dans sa tente portant sur ses traits virils l'expression d'une sombre résolution. — D'où vient cette hardiesse! sire chevalier dit de Vaux d'un ton sévère, mais en modérant sa voix par respect pour le sommeil de son maître. — Paix! de Vaux, s'écria Richard en s'éveillant. Sire Kenneth vient en brave soldat rendre compte de sa nuit de garde. Dans de tels cas, la tente du général est toujours ouverte. Parle, mon brave Ecossais... — Il n'est plus de renom pour moi désormais... la bannière d'Angleterre a été arrachée. — Et tu es là, dit Richard d'un ton qui respirait l'incrédulité. Allons donc! cela ne peut être! Tu n'as pas même une égratignure. Ce n'est pas avec un roi qu'on plaisante. Cependant je te pardonnerai si tu as menti. — Menti! Sire, j'ai dit la vérité. — Par Dieu et saint Georges, s'écria le Roi en laissant éclater une fureur dont cependant il se rendit maître à l'instant... De Vaux, allez voir ce qui en est... La fièvre lui a monté la tête... Cet homme est courageux, cela ne se peut pas! — Le roi fut interrompu par l'arrivée de Sire Henry Neville qui, à bout d'haleine, venait raconter que la bannière avait été enlevée et que le chevalier qui en avait la garde avait dû sans doute succomber sous le nombre et être massacré, car à l'endroit où on avait retrouvé la hampe en morceaux, on voyait une longue traînée de sang. — Mais qui vois-je ici? demanda Sire Neville dont les yeux tombèrent sur le chevalier du Léopard — Un traître, s'écria le roi en saisissant sa hache d'armes suspendue auprès de son lit. Un traître que tu vas voir périr de la mort des traîtres. Il s'arrêta un moment, prêt à frapper, puis laissant retomber sa hache sur la terre, il s'écria : Mais il y avait du sang, dites vous, Neville... Ecoute, Ecossais, tu es brave, car je t'ai vu combattre. Dis-moi que tu as frappé deux de ces chiens en défendant l'étendard, dis-moi seulement que tu as porté un bon coup pour notre cause et va porter hors du camp ta vie et ta honte! — Vous m'avez traité de menteur et en ceci vous m'avez fait tort. Le seul sang répandu pour défendre la bannière a été celui d'un pauvre lévrier qui, plus fidèle que son maître, a défendu le poste qu'il avait abandonné. — Par Saint Georges, s'écria Richard en saisissant son arme, mais de Vaux se jeta entre le prince et l'Ecossais... Non, Seigneur, reprit Kenneth. — Et quoi, répondit Richard, est-ce pour demander grâce? Demande-la au ciel mais non à moi, car fusses-tu mon propre frère, une faute telle que la tienne ne saurait être pardonnée. — Je n'ai point l'intention de demander ma grâce d'un homme. Je veux prier seulement votre Majesté de m'accorder un moment de lui parler de quelque chose qui touche de très près à la royauté d'Angleterre. Parle, dit le Roi, ne doutant pas qu'il s'agissait de quelque chose ayant trait à la perte de la bannière, et toi Neville laisse-nous. — On vous trahit, roi d'Angleterre. — Cela se peut, ce qui se passe en est une preuve frappante. — Il s'agit d'une trahison qui te blessera plus profondément que la perte de mille hommes ! Lady Edith. — Ah! dit le roi se levant sur son séant et dirigeant un regard hautain vers l'Ecossais, qu'a-t-elle à faire dans tout ceci? — Monseigneur, on trame un complot dans le but d'accorder la main de Lady Edith Plantagenet au sultan Saladin, dans l'espoir d'acquérir une paix honteuse pour la chrétienté au moyen d'une alliance des plus déshonorantes pour l'Angleterre. — Cette communication eut un tout autre effet que celui auquel s'attendait sire Kenneth. — Silence, s'écria le roi, infâme et audacieux chevalier, je te ferai arracher la langue avec des pincettes brûlantes pour répéter le nom d'une noble dame chrétienne ! Sache, misérable traître, que j'avais déjà remarqué ton audace en portant tes yeux si haut et que si je l'ai supporté c'est à cause de la renommée que tu paraissais avoir acquise, renommée fausse et usurpée ; mais qu'à l'heure actuelle, de tes lèvres qui viennent d'avouer ta honte, tu prononces le noble nom de notre parente, c'est dépasser toute limite. Que peut te faire qu'elle se marie avec un musulman ou un chrétien, dans un camp où les princes sont des lâches le jour et se transforment en voleurs la nuit, où les braves chevaliers deviennent de vils traîtres; que t'importe à toi ou à n'importe qui d'autre, s'il me plaît de prendre comme allié un souverain aussi vrai et aussi valeureux que Saladin? — Certes, cela ne doit guère m'importer, à moi qui vais bientôt cesser de vivre, mais quand même je serais étendu sur la roue, je te dis, roi d'Angleterre, que si tu nourris, ne serait-ce que par la pensée, l'intention de marier ta parente, lady

Edith... — Ne prononce pas son nom et n'y pense pas, sinon ! et le roi saisit de nouveau sa hache qu'il pressa avec une telle force dans ses mains que les muscles faisaient saillie sur son bras nerveux comme du lierre autour du tronc d'un chêne. — Ne plus y penser ! De par cette croix, mon unique espérance, son nom sera le dernier qui paraîtra sur mes lèvres, son image sera la dernière qui se présentera à mon esprit. Éprouve ta force si vantée sur ce front sans défense et tu verras si tu peux m'en empêcher. — Il me rendra fou, s'écria le roi en s'adressant à de Vaux, et empêché d'agir par l'indomptable tenacité du criminel, mais avant que le baron eût le temps de prononcer une parole, de Neville entra annonçant l'arrivée de la reine. Retiens-la, retiens-la, dit Neville, il ne convient pas que des femmes assistent à de telles scènes ! Emmène ce traître, De Vaux, tu me réponds de lui. Il va mourir, c'est notre décision, mais qu'il meure en chrétien : il aura un confesseur. De plus nous ne voulons pas qu'il soit déshonoré, il mourra comme un chevalier, avec sa ceinture et ses éperons, car fut il un traître aussi noir que l'enfer, son courage peut rivaliser avec celui du diable lui-même.

A peine la reine eut-elle pénétré dans la tente de Richard qu'elle se précipita sur sa couche, tomba à genoux, laissa son manteau s'échapper de ses épaules et montra flottantes, sur ses belles épaules, les longues tresses de ses cheveux dorés : elle se saisit du bras du roi avec une douce violence à laquelle il esseya vainement de résister ; elle s'empara de cette main, l'appui de la chrétienté et la terreur du païen ; puis elle l'enlaça de ses deux petites mains et y appuyant son front, elle le pressa de ses lèvres. — Que veut dire cela, Bérangère? demanda Richard, sans chercher davantage à retirer sa main ? A ces mots il se tourna, comme malgré lui, vers la reine suppliante. Mais un admirateur de la beauté comme l'était Richard ne pouvait regarder sans émotion le visage attristé d'une aussi délicieuse créature. — Bérangère passait pour la plus belle femme de son temps — et comment sentir des larmes si douces arroser sa main sans éprouver une vive sympathie. Caressant cette belle tête et passant ses larges doigts dans cette chevelure blonde si charmante dans son désordre, il releva et baisa tendrement cette figure angélique, qui semblait vouloir se cacher dans sa main. Les formes robustes du héros anglais, son front ouvert et noble, son air majestueux, son bras et ses épaules nus, les peaux de lion au milieu desquelles il était couché et cette femme d'une beauté si délicate et si frêle agenouillée devant lui auraient pu servir de modèle pour peindre Héraile et Déjanire — Et encore une fois quel motif amène la dame de mes affections à une heure aussi matinale dans la tente de son chevalier? — Ce malheureux chevalier écossais. — N'en parlez pas, Madame! son arrêt est prononcé! — De grâce, mon royal bien-aimé; ce n'est qu'une bannière perdue. Bérangère vous en brodera une autre de sa propre main, plus riche qu'aucune de celles qni flottèrent jamais au vent. Je l'ornerai de toutes les perles que je possède et à chaque perle je joindrai une larme de reconnaissance pour mon généreux chevalier. — Tu ne sais ce que tu dis dit le roi en l'interrompant avec courroux. Tu parles de perles. Toutes les perles de l'Orient ne pourraient laver l'injure qui a été faite à l'Angleterre. Tu parles de larmes : jamais larmes de femmes ne pourront essuyer l'affront qui tache la renommée de Richard. Allez, Madame, connaissez mieux la sphère qui vous est dévolue. Nous avons en ce moment des devoirs que nous ne pouvons partager avec vous. — Tu entends, Edith, dit tout bas la reine à celle-ci qui l'avait accompagnée jusque dans la tente, nous ne faisons que l'irriter! — Qu'importe! dit Edith en s'avançant. Quant à moi, monseigneur, votre parente, c'est justice que je viens vous demander et non merci et à pareille demande, l'oreille d'un roi doit être ouverte en tout temps et en tous lieu — Ah! ah! notre cousine Edith dit Richard se dressant sur son séant, couvert de sa longue robe à manches flottantes. Elle parle toujours royalement et c'est royalement que je lui répondrai, si la requête qu'elle a à présenter n'est indigne ni d'elle ni de moi. — Monseigneur, reprit-elle fermement, le brave chevalier dont vous allez répandre le sang a rendu jusqu'ici maint service à la chrétienté. Il a manqué à son devoir en tombant dans un piège qu'on lui avait dressé par pur amusement, détourné de son poste par un message qui lui fut envoyé au nom de... pourquoi le cacher, en mon propre nom. Or, quel chevalier aurait refusé d'obéir à l'ordre d'une fille qui, bien que dépourvue d'autres qualités, a dans ses veines du sang de Plantagenet ? — Ainsi, vous l'avez vu, cousine ? répartit le roi mordant ses lèvres afin de contenir sa colère. — Je l'ai vu, noble souverain. Ce n'est pas le moment d'expliquer pourquoi. Je ne suis venue ni pour me disculper, ni pour en accuser d'autres. — Et où lui avez-vous fait un tel honneur ? — Dans la tente de sa majesté la Reine. — Dans la tente de notre royale épouse. Mais voyons ! cela dépasse toutes les bornes. J'avais remarqué et méprisé l'insolente admiration de ce soldat pour une femme supérieure à lui ; je ne pouvais l'empêcher, mais que vous l'ayez admis à une audience, de nuit, dans lachambre de notre royale épouse et que vous osiez me présenter cela comme une excuse à sa désobéissance et à sa lâcheté ! Par l'âme de mon père tu t'en repentiras tout le cours de ta vie dans un monastère ! — Sire, votre grandeur frise la tyrannie. Mon honneur est aussi intact que le vôtre et sa majesté la Reine, ici présente, peut le prouver si elle le juge à propos. Mais je répète que je suis ici ni pour me disculper ni pour accuser les autres. Je vous demande seulement d'user à l'égard d'un homme dont la faute fut le résultat d'une forte tentation, cette miséricorde que vous-même seigneur, vous pourrez implorer d'un tribunal supérieur et pour des fautes peut-être plus sérieuses encore ! — Est-ce bien là Edith Plantagenet, la sage, la noble Edith ? n'est-ce pas plutôt quelque femme que l'amour égare et qui en a oublié jusqu'à son rang ? Je ne sais ce qui me retient d'ordonner qu'on apporte de l'échafaud le crâne de ton amoureux pour le clouer au bas du crucifix de ta cellule. — Quand même ce serait, je n'en dirais pas moins que c'est la dépouille d'un brave chevalier injustement et cruellement mis à mort par.... par celui qui aurait dû mieux savoir récompenser le courage d'un chevalier... Vous l'avez appelé mon amant... il l'était en effet ! l'amant le plus loyal, le plus fidèle, le plus respectueux ! — Taisez-vous, murmura Bérangère, vous ne ferez que l'irriter. — Peu m'importe, la vierge sans tache ne craint pas le lion rugissant, sire Kenneth va mourir à cause de lady Edith... elle saura pleurer son trépas. Que personne ne me parle plus d'alliance politique qui exige la sanction de cette main. Vivant, trop de distance nous séparait pour qu'il devînt mon époux, mais la mort égalise tous les rangs. Je suis désormais la fiancée de la mort !

Le roi allait répondre avec emportement lorsqu'un moine entra dans l'appartement, la tête et le corps enveloppés de la robe qui distingue son ordre. Il se précipita aux pieds du roi et le conjura au nom de tout ce qu'il y avait de plus saint et de plus sacré de surseoir à l'exécution. Il se déclara possesseur d'un secret important, mais que l'ayant reçu sous le sceau de la confession, il ne pouvait le révéler à qui que ce fût. Malgré les demandes du roi, il se refusa avec indignation de le lui en faire part. Il découvrit en même temps son corps tellement macéré par les privations de toute espèce qu'il semblait un squelette ambulant... — Ah ! c'est toi qui est cet ermite dont on parle tant ? C'est donc à toi, si je ne fais erreur, que les princes chrétiens envoyèrent ce même chevalier pour ouvrir des négociations avec le sultan tandis que moi, je restai là sur mon lit quand pourtant j'aurais dû être le premier consulté. Sois sûr que je ne placerai pas mon cou dans le nœud coulant de la ceinture d'un carmélite : et quant à cet envoyé, il n'en mourra que plus tôt et plus sûrement puisque tu intercèdes pour lui. — Que Dieu te soit miséricordieux, prince ! reprit l'ermite avec beaucoup d'émotion. Tu vas commettre une action dont les conséquences seront telles que tu désireras un jour ne pas l'avoir faite, eusse été au prix d'un de tes membres. — Hors d'ici, s'écria le roi en frappant du pied. Le soleil s'est levé sur la honte de l'Angleterre et elle n'est pas encore vengée ! Femmes et vous, prêtre, retirez-vous, si vous ne voulez pas entendre des ordres qui vous seraient désagréables car, par saint Georges, je jure..... — *Ne jures pas !* dit la voix d'un nouveau personnage qui venait de pénétrer dans le pavillon. — Ah ! ah ! mon savant Hakim, venu, je l'espère, pour invoquer, notre générosité. — Je viens pour vous demander à vous parler sans délai et pour des affaires de la plus grande gravité. — Jette d'abord un regard sur ma femme, Hakim, et qu'elle reconnaisse en toi le sauveur de son époux. — Il ne m'appartient pas, dit le médecin, en croisant les bras, et en tenant les yeux fixés sur le sol, d'un air plein de respect oriental, il ne m'appartient pas de contempler la beauté sans voile et armée de toute sa splendeur. — Retirez-vous donc, nobles dames, surtout ne renouvelez pas vos importunités. J'accorde que l'exécution soit différée jusqu'à midi. Allez et tranquillisez-vous. Adieu ma tendre Bérangère, Edith, ajouta-t-il avec un regard qui jeta l'effroi dans l'âme de sa courageuse parente, Edith, allez, s'il vous reste quelque prudence.

Les dames s'enfuirent de la tente, comme une troupe d'oiseaux sauvages qui se rassemble après que la poursuite du faucon a cessé. Quant à l'ermite, il les suivit, comme l'ombre suit un rayon de lumière sous un ciel nuageux, mais ce ne fut pas sans s'arrêter sur le seuil de la porte et sans avoir crié au roi, la main droite étendue vers lui : Malheur à celui qui rejette les conseils de l'église pour s'abandonner à ceux de l'infidèle ; roi Richard, je n'ai pas encore secoué mes pieds à l'entrée du camp, l'épée n'est pas encore tombée, mais elle tient par un cheveux ! Monarque hautain et orgueilleuxe nous nous reverrons. — Ainsi soit-il, orgueilleux prêtre, riposta Richard, plus hautain sous ta peau de chevreau que les princes vêtus de pourpre et de fin lin. — En quoi puis-je te plaire, mon savant médecin ? — Grand roi, dit le docteur en faisant une profonde révérence, permets-moi de te dire un seul mot. Je voudrais te rappeler que tu dois, non pas à moi, qui ne suis que leur humble instrument, mais aux intelligences supérieures, la vie dont... — Et je gage que tu veux me demander la vie d'un homme en retour, interrompit le roi. — Telle est mon humble prière, grand Mélec-Rik... Je te demande la vie de ce brave chevalier condamné à mourir pour la même faute que commit le père de tous les hommes. — Et ta sagesse doit te faire souvenir, Hakim, qu'Adam l'expia par la mort, dit le roi d'un ton sévère puis il se mit à parcourir sa tente de long en large... J'avais déjà deviné ce qu'il voulait dès qu'il est entré dans ma tente ! Voilà un homme justement condamné à la mort et moi, roi et soldat, moi qui ai vu périr des milliers d'hommes par mes ordres et qui en ai tué des centaines de ma main, je n'aurai pas le pouvoir de faire périr celui-ci, et cela alors que l'honneur de mes armes, de ma maison, de mon épouse elle-même ait été compromis... L'un n'a pas plutôt disparu qu'un autre lui succède... femme, parente, ermite, docteur, chacun se montre à son tour dans la lice dès que l'autre a été vaincu ! En vérité, c'est un chevalier combattant tout seul dans la mêlée entière d'un tournoi. Et Richard éclata de rire, car ses accès de colère étaient trop violents pour être de longue durée.

— Un arrêt de mort ne peut sortir de lèvres épanouies... laisse ton serviteur penser que tu lui as accordé la vie de cet homme. — Le roi répondit qu'il était condamné et qu'il préférait lui accorder la vie de mille captifs. D'ailleurs, disait-il, je ne comprends pas l'intérêt que tu peux porter à cette affaire. El Hakim lui expliqua alors que le médicament auquel il avait dû son rétablissement, comme tant d'autres, était un talisman composé sous l'influence de conjonction certains astres, à l'heure où les intelligences supérieures sont le plus favorables. Lui n'était que l'humble mortel chargé de l'administrer. Le trempant dans l'eau à l'heure convenable, la puissance de la potion suffit à la cure. Le succès, ajouta le médecin, dépend de privations rigoureuses, de règles sévères, et si, soit par négligence, soit par amour de la sensualité, celui qui l'applique n'a pas guéri dans le courant de la lune au moins douze personnes, l'amulette perd sa vertu divine et le médecin ainsi que les malades qu'il a guéris se trouvent exposés aux plus grands périls et ne passent pas l'année. Il avait besoin d'une vie pour compléter le nombre voulu. En ce qui me concerne, conclut le médecin, je suis inhabile à opérer de moi-même une guérison ayant touché ce matin un animal impur. Ne m'adresse donc plus de questions. Qu'il te suffise de savoir qu'en épargnant la vie de cet homme tu épargneras, grand roi, à toi et à ton serviteur, un péril imminent.

D'ailleurs, continua, Adonibek, à certains signes d'incrédulité que semblait témoigner le Roi, je ne puis t'empêcher de douter de mes paroles, néanmoins si votre Majesté veut admettre que son serviteur ait dit la vérité, — et ta guérison en est une preuve — trouverait-il juste de priver tous les infortunés qui peuvent être atteints du même mal du bienfait de ce précieux talisman, plutôt que d'étendre sa miséricorde sur un criminel? Les rois qui, comme Satan, ont le pouvoir de persécuter les sages, n'ont pas, comme Allah, celui de guérir. Prends donc garde de priver l'humanité d'un bien que tu ne peux lui faire toi-même. Car, si tu peux faire couper la tête d'un homme, tu ne peux guérir un mal de dents. — Ceci est par trop insolent! s'écria le roi qui s'endurcissait à mesure que El Hakim prenait un ton plus fier et plus impérieux. Nous t'avons pris pour médecin et non pour conseiller ou directeur de conscience. — Et c'est ainsi que le prince le plus renommé du Frandjistan recouvrait le bienfait à sa royale personne? reprit alors El Hakim qui venait d'échanger tout à coup sa posture humble et suppliante en une attitude imposante et majestueuse. Sache donc que dans toutes les cours d'Europe et d'Asie, parmi les musulmans et les nazaréens, chevaliers et dames, partout où l'on entend la harpe et où l'on porte l'épée, partout en un mot où on respecte et où on méprise l'infamie, je te proclamerai Melec-Rik, comme un prince sans générosité et sans reconnaissance... — Oses-tu employer de pareils termes, vil infidèle, s'écria Richard plein de fureur; es-tu donc lassé de la vie? — Frappe, cette action te peindra mieux qu'aucune de tes paroles, quand bien même chacune serait armée d'un dard.

Richard se détourna brusquement, croisa les bras et parcourut la tente avec autant d'agitation qu'auparavant; enfin il s'écria: Sans reconnaissance et sans générosité! autant être appelé lâche ou infidèle! Hakim, tu as choisi ta récompense. J'eusse préféré que tu me demandasses les joyaux de ma couronne, mais, comme roi, je ne puis te refuser; prends donc cet Ecossais. Qu'il te serve comme esclave, fais-en ce que tu voudras, seulement qu'il ne paraisse jamais devant les yeux de Richard. Voilà un billet contre lequel le prévôt te le remettra. Ne puis-je rien faire d'autre pour t'obliger? — La bonté du roi a rempli ma coupe jusqu'aux bords, dit El Hakim en reprenant son ton d'humilité et de respect, que ses jours soient multipliés! Et il sortit, non sans une profonde révérence, tandis que Richard le regardait sortir de l'air de quelqu'un qui n'est qu'à demi satisfait.

*
* *

— L'obstination de ce médecin est vraiment étrange, ne put s'empêcher de murmurer Richard, et non moins étrange la chance qui dérobe cet audacieux Ecossais au châtiment qu'il avait si bien mérité. Bah, qu'il vive ! Il y aura un brave de plus sur la terre ! Puis il appela De Vaux et lui communiqua son projet de l'envoyer défier le duc d'Autriche au moment où il serait à table, entouré de tous ses vasseaux et de l'accuser, en son nom, d'avoir cette même nuit, de sa propre main ou de celle d'autrui, enlevé de sa hampe la bannière royale d'Angleterre. En conséquence, ajouta Richard, tu lui diras que notre volonté est que, dans une heure, à compter de ce moment où tu lui adresseras la parole de notre part, il restaure la dite bannière avec tous les égards qui lui sont dus, lui et ses barons se tenant tête nue et debout. De plus, il plantera, d'un côté, sa propre bannière d'Autriche renversée, comme ayant été déshonorée par le vol et la félonie et lancera une lance portant la tête de celui qui a été son conseil et son aide dans cette action infâme. — Et si le duc, demanda Thomas, déclare n'avoir eu aucune part a cet acte de félonie ? — Tu répondras que nous le prouverons sur sa personne, fût-il soutenu de ses plus courageux champions. Oui, nous le prouverons en chevalier, à pied ou à cheval, en désert ou en champ clos, lui laissant le choix du temps, du lieu et des armes... Sur ces entrefaites, l'ermite d'Engaddi s'avança, car il était entré dans la tente pendant que le roi parlait avec son fidèle baron. Lui et Richard eurent une longue conversation qui décida le roi d'Angleterre à abandonner son projet concernant Léopold.

Il était à peine parti que l'archevêque de Tyr lui fit demander une audience. Guillaume de Tyr était l'ambassadeur qui convenait pour porter au souverain au cœur de lion la proposition dont nous avons vu le savant El Hakim entretenir Kenneth. D'ailleurs les princes de l'Occident, déjà dégoûtés d'une expédition hasardeuse qui le devenait chaque jour davantage, avaient résolu de renoncer à leurs desseins. Philippe, après mille protestations d'amitié envers son royal frère d'Angleterre, avait déclaré qu'il voulait retourner en Europe. Les autres avaient imité son exemple. Pourquoi ne pas accepter au prix du mariage d'Edith Plantagenet avec Saladin des conditions de paix rendant sans délai le saint Sépulcre aux chrétiens ouvrant la Terre-Sainte aux pèlerins, garantissant leur sûreté par des places fortes, et assurant le salut de la ville sainte, en donnant à Richard le titre de roi-gardien de Jérusalem. Ravi de ce que le roi semblait l'écouter avec intérêt, le bon prélat ne tarit pas sur les avantages que pourrait offrir cette union et il parla avec chaleur et onction de la probabilité que Saladin fût amené à se convertir.

Quant à la plaisanterie qui avait amené le chevalier du Léopard à abandonner son poste, elle eut son dénouement dans une discussion conjugale qui fut tout à l'honneur de Bérangère, dans ce sens qu'elle amena le fier monarque jusqu'à exprimer des regrets de ne pas lui avoir accordé la vie du brave Ecossais. En fin de compte, les deux époux s'accordèrent à rejeter sur Nectabanus tout le blâme de l'affaire. Profitant d'un magnifique présent que Richard envoyait à Saladin en reconnaissance du service que lui avait rendu El Hakkim, on y joignit les deux malheureuses créatures qui par leur figure grotesque et leur aspect de folie, semblaient bien propres à être offerte à un monarque à titre d'objets de curiosité.

VI

Le quatrième jour après le départ de Kenneth, le roi Richard assis dans sa tente, jouissait de la brise du soir, qui, exceptionnellement fraîche, semblait venir d'Angleterre pour ranimer son monarque aventureux et aider au rétablissement des forces qu'il recouvrait peu à peu. Un écuyer vint lui dire qu'un messager du sultan demandait à être introduit. — Qu'il entre, Jocelyn, et traite-le convenablement.

C'était un esclave de Nubie dont l'aspect inspirait un intérêt au-dessus de sa condition. D'une taille imposante, il se distinguait par la beauté des formes et la noblesse des traits qui, presque d'un noir de jais, ne rappelaient en rien la race nègre. Il tenait de la main droite une petite javeline, armée d'une large et longue lame d'acier, et de la gauche, il menait, par une laisse tressée d'or et de soie, un grand et magnifique lévrier.

Le Nubien se prosterna en touchant le sol avec son front, puis se releva sur un genou et dans cette attitude, présenta au roi un sachet de cire qui en contenait un autre en drap d'or : dans celui-ci se trouvait une lettre de Saladin en Arabe, avec une traduction en anglo-normand. Après l'avoir remercié des présents que Richard lui avait fait et des deux nains, elle lui annonçait qu'en retour de sa générosité, Saladin lui envoyait un esclave de Nubie, nommé Zohôk, dont il ne fallait pas juger selon sa couleur, selon les sottes coutumes du monde, vu que le fruit hâlé du soleil a la saveur la plus exquise. — Il est prompt à exécuter les ordres de son maître et tu le trouveras plein de sagesse quand tu auras appris à communiquer avec lui, car la reine de la parole a été frappée de silence entre les murs d'ivoire de son palais : Nous le recommandons à tes soins, espérant que l'heure n'est pas éloignée où il pourra te rendre de bons services. — Ainsi se concluait la missive, vêtue du sceau et de la signature de Saladin.

Richard contempla en silence le Nubien. Il aimait à regarder un *homme*, aussi est-ce avec une satisfaction marquée qu'il examinait les membres vigoureux et les belles proportions de celui qui se trouvait devant lui. — Es-tu païen, lui demanda-t-il en langue franque. L'esclave secoua la tête, porta le doigt à son front, fit le signe de la croix et reprit son maintien humble et immobile. — Un chrétien de Nubie, mutilé par ces chiens d'infidèles ? — Le muet secoua de nouveau la tête, leva l'index vers le ciel et le posa ensuite sur ses lèvres. — Oui, je comprends ; cette infirmité te vient du ciel et non pas de la cruauté des hommes ? Sais-tu nettoyer une armure et un ceinturon et en revêtir un chevalier ? — Le Nubien inclina la tête et, s'avançant vers une panoplie suspendue à l'un des piliers de la tente, il en détacha une cotte de maille et la mania de façon à montrer qu'il connaissait le service d'un écuyer. — Tu es un gaillard intelligent et en état de m'être utile. Pour montrer combien j'estime à sa valeur le don du Sultan, je t'attache à ma personne et tu resteras dans ma chambre. Puisque tu es muet, tu ne feras point de rapport naturellement et nulle réponse déplacée de ta part ne saurait exciter ma colère.

Le muet se prosterna jusqu'à terre et attendit à quelque distance de là les instructions de son maître. — Tu vas commencer sur-le-champ ton service. Voici un bouclier taché de rouille ; rends-le clair et brillant et qu'il soit digne d'être porté en face de Saladin.

Le son du cor se fit entendre et, un moment après, le sir de Neville entra avec un paquet de dépêches. — Cela vient d'Angleterre, Monseigneur. dit-il, et il se retira. Le roi se plongea aussitôt dans la lecture de ces lettres, dont l'intérêt lui fit bientôt oublier tout le reste.

Pendant que le monarque et son nouveau serviteur étaient ainsi occupés, un nouveau personnage fit son apparition et vint se mêler au groupe de soldats — une vingtaine environ — qui montaient la garde autour de la tente royale, jouant aux dés ou parlant du pays. Le nouveau vieillard était un petit vieillard turc, habillé en marabout ou santon du désert. Ces fanatiques se risquaient parfois dans le camp des croisés bien qu'accueillis avec mépris, souvent même avec des coups. Il faut dire aussi que le luxe et les débauches des chefs des croisés avaient fait s'introduire dans le camp une foule mêlée de musiciens, de courtisanes, de marchands juifs, de coptes, de turcs, en un mot du rebut de l'Orient. De sorte qu'il n'était pas rare de rencontrer le turban et le cafetan arabe parmi ceux qui avaient juré d'en débarrasser la Palestine. — Danse, marabout, danse, s'écrièrent les soldats dès qu'ils l'aperçurent, en se moquant de lui et en le menaçant du fouet s'il ne leur obéissait pas. Le marabout bondit de terre aussitôt et se mit à tourner sur lui-même avec une singulière agilité, si bien que, s'abandonnant aux caprices de son humeur sautillante, et voltigeant çà et là d'un endroit à un autre, il parvint à se rapprocher, sans en avoir l'air, de la tente royale. A la fin, après deux ou trois bonds prodigieux, il se laissa tomber, épuisé de fatigue, à une trentaine de pas de la personne même du roi.

Mais il n'en avait pas fini avec les plaisanteries des soldats, ceux-ci, bien qu'il s'y opposât voulurent lui faire absorber le vin contenu dans une grosse dame-jeanne que l'un d'eux apporta et ce fut au milieu des éclats de rire de chacun qu'il avala jusqu'à la dernière goutte, éclats si forts que le roi, arraché à sa lecture, leur cria avec colère : — Eh bien ! marauds ! c'est ainsi que vous me manquez de respect ! — Le silence se rétablit immédiatement, chacun connaissant bien le caractère de Richard qui tantôt permettait à ses soldats une liberté absolue et tantôt exigeait d'eux la discipline la plus rigoureuse. Ils se hâtèrent de mettre entre le roi et eux une respectueuse distance et voulurent emmener le marabout ; mais soit qu'il fût épuisé par la fatigue, soit que ce fût l'effet des fumées enivrantes du vin, il se débattit en grognant sans vouloir bouger.

— Laissez-le, nigauds que vous êtes, dit l'un des soldats à ses compagnons. Par saint Christophe, vous allez jeter notre sire hors de lui et il nous fera sentir sa dague sur les côtes... Laissez là ce vieux derviche : dans une minute il ronflera comme une marmotte.

Pendant à peu près un quart d'heure après cet incident, tout resta parfaitement tranquille devant la demeure royale. Richard continuait à lire et à rêver. Derrière lui et dans la même position, l'esclave nubien achevait de fourbir un bouclier et à une centaine de pas plus loin les soldats jouaient ou causaient à voix basse ; sur l'esplanade, entre eux et la tente royale, le marabout était étendu sans mouvements. La surface du bouclier que polissait le nubien offrait une sorte de miroir et ce fut avec autant de terreur que de surprise que le muet vit le marabout lever imperceptiblement la tête, puis, après s'être assuré qu'il n'avait rien à craindre, opérer une série de mouvements qui le rapprochaient insensiblement du roi. Après chaque mouvement il s'arrêtait et devenait immobile. Cette manœuvre parut suspecte au Nubien ; il se tint sur ses gardes, prêt à intervenir au moment où cela serait nécessaire. Cependant le marabout continuait de ramper ; arrivé à une dizaine de pas du roi, il sauta sur ses pieds et d'un seul bond sauta sur lui, levant un poignard qu'il tenait caché dans sa manche. La présence de toute son armée n'aurait pu sauver l'héroïque Richard, mais les mouvements du Nubien étaient aussi bien calculés que ceux du marabout et avant que celui-ci ait pu frapper, son bras se trouva désarmé. Tournant sa colère contre le Nubien, le fanatique lui porta un coup de son poignard, qui le blessa au bras, mais à fleur de peau, ce qui ne l'empêcha pas d'être terrassé. Se tournant alors, Richard se leva et, sans montrer que son visage manifestât un signe quelconque de surprise ou de colère, il prit son tabouret et en asséna un coup vigoureux sur le crâne de l'assassin, qui expira sur-le-champ, non sans s'être écrié : « Allah Akhbar » (Dieu est grand).

Les soldats s'étaient approchés en désordre, frappés de terreur. Le roi s'aperçut soudain que le Nubien était blessé. Il ordonna à l'un des soldats de sucer la blessure, qui devait provenir d'une arme empoisonnée, le venin en étant sans danger pour les lèvres, quoique mortel, quand il se mêle au sang. Mais ceux-ci paraissant hésiter et sans plus de cérémonies, en dépit des représentations de tous ceux qui l'entouraient et de la respectueuse opposition du Nubien lui-même, le roi d'Angleterre appliqua lui-même ses lèvres à la blessure de l'esclave. A peine avait-il suspendu, pour respirer, cette singulière occupation, que le Nubien se recula et, jetant une écharpe sur son bras, il déclara par gestes respectueux mais décidés qu'il ne consentirait pas à ce que le monarque renouvelât une si vile expérience. D'ailleurs la blessure était peu profonde. Le sire de Neville avait voulu que l'on punît sévèrement les soldats, vu leur négligence dans un cas aussi grave.

— Laissons cela de côté, Neville, interrompit Richard. Le risque insignifiant que j'ai couru serait donc puni plus sévèrement que la perte de ma bannière, qui a disparu, volée par un brigand ou livrée par un traître sans qu'aucune goutte de sang ait été versée. Mon noir ami, dit-il, en se tournant vers le Nubien, tu te connais dans l'art d'expliquer les mystères, selon ce que dit le sultan : eh bien ! je te donnerai ton pesant d'or si par un moyen quelconque tu pouvais me montrer le scélérat qui a fait cet outrage à mon honneur. Y consens-tu ?

Le Nubien croisa les bras, regarda le roi d'un œil plein d'intelligence et fit de la tête un signe affirmatif.

— Quoi, s'écria Richard tout joyeux, tu t'en charges ? Mais il faut auparavant nous entendre ; sais-tu écrire ?... Oui ! qu'on lui donne des plumes, un parchemin, il doit se trouver un écritoire dans la tente... Quelques instants après, le Nubien se leva, porta le parchemin qui lui avait été remis à son front et, après s'être prosterné, le présenta au roi. Il avait écrit en français, bien que jusqu'alors le roi et lui eussent conversé en langue franque.

« A Richard, le victorieux et invincible roi d'Angleterre, ces lignes sont adressées par le plus vil de ses esclaves : Les mystères sont des cassettes scellées par le ciel, mais la sagesse peut découvrir le moyen de les découvrir. Si ton esclave était placé de manière à voir passer l'un après l'autre les chefs de l'armée, sois assuré qu'alors même le coupable de cette infamie verrait son iniquité découverte, fût-elle ensevelie par sept voiles. »

— Voilà, par saint Georges, une réponse bien appropriée. Tu sais, Neville, que dans la revue de demain, les princes doivent, pour expier l'insulte faite à l'Angleterre, défiler tous devant notre nouvel étendard arboré sur le mont Saint-Georges et le saluer dans toutes les règles. Il est clair que le traître encore inconnu n'osera pas être absent de la cérémonie, de peur d'être soupçonné. Il faudra donc porter notre noir conseiller dans une bonne place et si son art lui fait découvrir notre homme, c'est moi qui me charge du reste.

VII

Dès que le prévôt l'avait remis aux mains du docteur, le chevalier du Léopard, après avoir suivi son maître, se livra à une tristesse que rien ne put dissiper. En vain Adonibec l'assura-t-il qu'il serait traité comme un frère, en vain lui prodigua-t-il des sentences du Coran propres à consoler les esprits les plus tourmentés, c'est lassé de corps et d'esprit qu'il arriva après divers incidents de route, dans un lieu qu'il reconnut pour être l'oasis où il avait rencontré quelques jours auparavant l'émir Shîr Kohf. Nous n'essaierons pas de décrire toutes les pensées qui assiégèrent l'esprit du malheureux Ecossais, mais elles étaient telles que El Hakim lui fit prendre une dose d'un certain narcotique, et au bout de quelques minutes, bercé par les songes les plus doux, Kenneth s'endormait aux pieds du médecin, plongé dans le plus profond des sommeils.

*
* *

Lorsque le Chevalier du Léopard se réveilla de son long sommeil, il se trouvait dans des circonstances si différentes de celles où il s'était trouvé la veille qu'il se demanda si ce n'était pas un songe ou si la baguette d'une fée n'avait pas transformé la scène. Il se trouvait dans nne tente de soïe, tendue de satin de Chine; autour de son lit un léger rideau de gaze en éloignait les moustiques. Une baignoire de cèdre remplie d'eau chaude et parfumée se trouvait toute prête. Le chevalier résolut tout d'abord d'en profiter afin de se remettre des émotions de la veille, et en effet il ressortit du bain beaucoup plus frais qu'il n'y était entré. Après s'être essuyé au moyen de serviettes de laine indienne, il chercha ses vêtements afin de voir si, à l'extérieur, le monde avait autant changé qu'au dedans de sa tente, mais il ne put les découvrir nulle part. Une main inconnue les avait remplacés par une robe arabe, d'une extrême richesse, tel qu'il convenait à un émir de distinction. La seule raison qu'il assigna à ces soins particuliers fut qu'ils étaient destinés à l'ébranler dans ses convictions religieuses. Sire Kenneth se croisa pieusement et résolut de défier tous les pièges. Pour y opposer une résistance plus efficace, il se décida de n'user qu'avec la plus grande modération des attentions qu'on pourrait montrer à son égard. Se sentant encore la tête lourde, il s'étendit de nouveau sur sa couche et se livra de nouveau au sommeil.

Mais cette fois-ci ce ne fut pas pour longtemps, car bientôt après la voix du médecin l'éveilla. Le savant

Arabe se tenait à la porte de la tente, s'enquérant de l'état de sa santé et s'il était suffisamment reposé. Puis il termina en lui demandant s'il pouvait entrer.

— Le maître, répondit Kenneth pour montrer qu'il n'avait pas oublié sa condition, le maître n'a pas besoin de permission pour pénétrer dans la tente. — Mais si je ne viens pas comme un maître ? — Le médecin a toujours libre accès au chevet de son malade. — Je ne viens pas non plus en médecin et c'est pour cela qu'il me faut ta permission avant de soulever la couverture de ta tente. — Quiconque vient en ami, et c'est ainsi que tu t'es comporté à mon égard jusqu'ici, celui-là trouve l'habitation de son ami toujours ouverte. — Cependant, poursuivit l'Arabe, qui en bon oriental se plaisait aux périphrases, supposons que je ne vienne pas en ami. — Viens tel que tu veux, sois ce qu'il te plaît d'être. Tu sais bien que je n'ai ni le pouvoir ni le désir de te refuser l'entrée. — J'entre, dit El Hakim, mais c'est en qualité d'ancien ennemi, d'ennemi loyal et généreux.

Il était devant le lit de l'Ecossais. C'était bien la voix d'Adonibec, le docteur sarrasin, qu'il entendait, mais quant à la taille, aux vêtements et aux traits, c'étaient ceux d'Ilderim du Kurdistan surnommé Shir-Kohf. Sire Kenneth le regarda de l'air d'un homme qui contemple une vision et s'attend à la voir disparaître. — Cela te surprendrait-il, dit Ilderim, de voir un soldat avoir quelque connaissance de la médecine ? Je te dis, nazaréen, qu'un chevalier accompli doit savoir aussi bien harnacher son cheval que le monter, aussi bien forger son épée que la manier, aussi bien fourbir ses armes que les porter et, par-dessus tout, aussi bien guérir les blessures que les infliger.

...Eh quoi, ton étonnement ne cesse-t-il pas ? As-tu donc parcouru le monde sans t'apercevoir que les hommes ne sont pas toujours ce qu'ils paraissent. Toi-même es-tu ce que tu parais ? — « Non, par saint André, car tout le camp chrétien me considère comme un traître et je sais que cela n'est pas. — C'est ainsi que je t'ai jugé et comme nous avons mangé le sel ensemble, je me suis cru obligé de t'arracher à la mort et à l'infamie. Mais pourquoi te trouves-tu encore dans ton lit lorsque le soleil est encore si haut dans le ciel ? Est-ce que ces vêtements sont indignes de toi ? — Non pas indignes, mais tout le contraire, donne-moi la robe d'un esclave et je la porterai avec plaisir. Mais je ne puis supporter d'endosser le vêtement d'un libre guerrier de l'Orient avec le turban d'un musulman. — Nazaréen, répondit l'émir, à force d'être tellement soupçonneuse, ta nation pourrait à son tour devenir suspecte. Je t'ai déjà dit que Saladin ne désire d'autres convertis que ceux que le saint Prophète disposera lui-même à recevoir sa loi. La violence et la conception n'entrent point dans le plan qu'il a conçu pour étendre la vraie foi. Ecoute bien, mon frère, si des Francs, pour un avantage terrestre, ont pris le turban du Prophète et suivi les lois de l'Islam, c'est sur eux seuls que tombe le blâme. Eux seuls ont cherché à attraper l'hameçon, Saladin ne leur a pas jeté. Porte donc sans crainte et sans scrupule le vêtement préparé pour toi, car si tu te rendais au camp de Saladin dans ton accoutrement européen, tu pourrais t'exposer à d'ennuyeuses observations et même à l'insulte... D'ailleurs, ta propre volonté guidera tes mouvements aussi librement que le vent du désert lorsqu'il disperse le sable dans la direction où il lui plaît. Le noble ennemi qui a croisé le fer avec moi et m'a presque vaincu ne saurait être mon esclave. Si la richesse et et les honneurs peuvent t'engager à te joindre à notre peuple, elles sont à toi, mais je crains bien que l'homme qui a refusé les faveurs du sultan, alors que la hache était suspendue sur sa tête, ne les accepte pas davantage alors qu'il a sa pleine liberté ! — Permettez-moi, noble émir, de vous exprimer du moins toute ma reconnaissance pour cette chevaleresque générosité, imméritée, certes ! — Imméritée, ne fût-ce pas grâce à ta conversation et à ce que tu me dis des belles qui ornent la cour de Melec-Rik, que je m'y aventurai déguisé, ce qui me permit d'être témoin d'un spectacle tel que je n'en ai jamais vu et que je ne verrai jamais jusqu'à ce que mes yeux contemplent le Paradis. — Je ne vous comprends pas, dit Sire Kenneth rougissant et pâlissant tour à tour, comme un homme qui sent que la conversation va prendre une tournure des plus délicates. — Tu ne me comprends pas... il est vrai qu'à ce moment-là tu étais condamné à mort, mais ma tête eût-elle été séparée du tronc, que mes derniers regards auraient encore la force d'apercevoir une scène pareille et que ma tête aurait roulé vers ces houris sublimes ne fût-ce que pour baiser de mes lèvres tremblantes le bord de leurs vêtements. Cette reine d'Angleterre qui mériterait d'être la souveraine de l'univers, quelle tendresse dans ses yeux bleus ! quel charme dans sa chevelure d'or ! Par la tombe du Prophète, je puis à peine croire que la houri qui me présentera la coupe de l'immortalité mérite une aussi brûlante caresse !

— Sarrasin, dit sire Kenneth, froidement, tu parles de l'épouse du roi Richard de l'Angleterre, dont nul n'ose parler et penser que comme d'une reine qu'on révère. — Pardonne-moi. J'avais oublié votre superstitieuse vénération pour ce sexe que vous considérez fait pour être adoré au lieu d'être aimé. Si celle aux cheveux bruns, je l'accorde, a dans son noble maintien et son visage royal quelque chose à la fois de pur et de ferme, elle-même si elle en avait l'occasion et qu'elle eût affaire à un amant pressant, le remercierait, je t'assure, de la traiter plutôt en mortelle qu'en déesse. — Respecte la cousine de Cœur de Lion. — La respecter. Par la Kaaba, ce sera comme fiancée de Saladin. — L'infidèle Sultan est indigne de saluer même l'endroit que vient de fouler le pied d'Edith Plantagenet, s'écria le chrétien sautant de son lit. — Que dis-tu, graour ? s'écria le sultan, plaçant la main sur son poignard, tandis que tous ses muscles se gonflaient de colère. Mais l'Ecossais ne fut pas plus effrayé du sultan irrité comme un tigre qu'il n'avait tremblé devant le roi Richard enflammé comme un lion. — Ce que j'ai dit, reprit Sire Kenneth, les bras croisés, le regard indomptable, ce que j'ai dit, si ces mains étaient libres, je le soutiendrais contre l'univers entier à pied ou à cheval. Le Sarrasin avait retrouvé son calme et retiré sa main de son poignard, comme s'il ne l'eût porté là que par hasard. — Eh bien ! tes mains sont liées pour l'instant et je n'ai aucun désir de leur rendre la liberté. Nous avons déjà éprouvé notre force mutuelle et nous pouvons encore nous rencontrer en plein champ de bataille ; honte alors à *celui qui* se détournera de son adversaire. Mais, actuellement, nous sommes des amis et ce que j'attends de toi, c'est plutôt de l'aide que des défis ou de blessantes expressions. — Nous *sommes* des amis, répéta le chevalier en possession de tout son calme. — Raisonnons calmement ; je suis médecin, comme tu sais, et il est écrit que celui qui veut voir guérir sa blessure ne doit pas craindre de la voir sonder par le médecin. Je vais donc mettre le doigt sur la plaie. Que tu me découvres ou non le voile qui dérobe tes pensées, mes yeux l'ont percé. Tu aimes cette parente du Melec-Rik. — Je l'ai aimée... comme on aime la grâce céleste, j'ai cherché à lui plaire comme un pécheur cherche le pardon du ciel. — Et tu ne l'aimes plus ? — Hélas ! je n'en suis plus digne. Mais cesse, je t'en prie, cette conversation. Ce sont autant de dards acérés. — Excuse-moi encore un moment. Lorsque, pauvre et obscur soldat, tu avais placé ton amour si haut, avais-tu l'espoir de réussir ? — Il n'est point d'amour sans espérance, mais la mienne était mêlée de désespoir, semblable au marin naufragé qui, dès qu'il arrive au sommet d'une vague, voit une lueur tremblante paraître à l'horizon, c'est celle d'un phare qui lui indique que la côte n'est pas loin, bien, que son cœur abattu et ses membres fatigués lui assurent qu'il n'y parviendra jamais. — Et maintenant cette espérance est évanouie, ce flambeau s'est éteint. — A jamais, répondit Sire Kenneth du ton d'un écho qui résonne au fond d'un sépulcre. — Il y a peut-être remède à tout cela. Somme toute, si demain ta réputation était aussi intacte qu'elle ne l'a jamais été, celle que tu aimes n'en serait pas moins une princesse et aimée de Saladin... Donc, si tu te contentais de la réputation que pouvait t'acquérir la découverte du brigand qui a volé la bannière d'Angleterre, je pourrais t'indiquer un moyen certain de le faire, à condition toutefois que tu te laisses diriger. — Tu es sage, Ilderim, tu es sage et généreux. J'ai déjà vu que tu étais l'un et l'autre. Prends donc la direction de cette affaire et si tu ne me demandes rien de contraire à ma loyauté et à ma religion, je t'obéirai à la lettre. Fais donc ce que tu as promis et prends ma vie dès que ce sera fait. — Écoute-moi alors. Ton noble lévrier est guéri. Il saura reconnaître ceux qui l'ont assailli Puisqu'il n'est plus personne au camp qui soit familier avec le chien, vous serez tous deux déguisés de manière à échapper à l'investigation la plus minutieuse. Ton frère lui-même ne te reconnaîtrait pas. Tu m'as vu accomplir des choses plus difficiles ; celui qui peut rappeler un mourant des ténèbres de la mort peut facilement jeter un voile sur les yeux des vivants. Mais il y a une condition, c'est que tu remettes toi-même une lettre de Saladin à la cousine de Melek-Ric dont le nom est aussi difficile pour nous à prononcer que sa beauté nous est agréable. — Sire Kenneth s'arrêta un moment avant de répondre et le sarrasin, voyant son hésitation, lui demanda s'il craignait de porter ce message. — Non, même si la mort en dépendait. J'hésite parce que je me demande s'il convient à mon honneur ou à celui de Lady Edith de porter ou de recevoir une telle missive de la part d'un prince infidèle. — Par la tête de Mahomet et par mon honneur de soldat, répondit l'émir, je te jure que ta lettre est écrite d'un style plein d'honneur et de respect et qu'aucune des paroles du Sultan ne saurait offenser d'une manière quelconque cette belle princesse. — Dans ce cas, je lui porterai la lettre aussi fidèiement que si j'étais le vassal de Saladin, étant entendu qu'en dehors de cet acte de service, que j'accomplirai fidèlement, le sultan ne saurait exiger de moi aucun avis, aucune assistance concernant sa passion. — Saladin est noble et généreux, conclut l'émir, il ne poussera jamais un bon cheval à sauter un obstacle qu'il ne peut franchir. Suis-moi dans ma tente et je te revêtirai d'un déguisement qui te permettra de parcourir en toute sûreté le camp des nazaréens.

VIII

Le lecteur aura maintenant compris qui était ce mystérieux éthiopien, ainsi que le but qui l'avait amené au camp de Richard, de même que les espérances qui faisaient battre son cœur lorsque le lendemain il se trouva, accompagné de son chien, aux côtés du roi Richard qui entouré des pairs d'Angleterre et de Normandie se tenait sur le sommet du mont Saint-Georges, ayant auprès de lui son frère naturel Guillaume à la Longue Épée, comte de Salisbury, portant la bannière d'Angleterre. Le Nubien craignait beaucoup, vu quelques mots échappés la veille au roi, d'avoir été reconnu et ce qui le fortifiait davantage dans cette idée c'est que Richard semblait comprendre que ce serait au chien qu'il appartiendrait de découvrir le voleur de la bannière ; cependant le roi continuant de le traiter conformément à son extérieur, le Nubien résolut de conserver l'incognito.

C'était un spectacle peu commun que de voir défiler cette armée encore nombreuse bien que réduite par les défections. Les corps d'armée suivaient les corps d'armée, et les chefs gravissant un ou deux pas saluaient le roi et l'étendard d'Angleterre « en signe d'égard et d'amitié », comme l'avait expressément défini le protocole de la cérémonie et non de sujétion ou de vasselage. Les dignitaires ecclésiastiques, qui alors ne s'inclinaient pas devant les mortels, lui envoyaient leur bénédiction au lieu de le saluer. Une à une les diverses troupes défilèrent. Lorsque Philippe-Auguste passa devant le roi à la tête de sa superbe cavalerie, Richard descendit à sa rencontre et ils se saluèrent avec une amitié si cordiale en apparence que le camp tout entier retentit d'acclamations. Richard n'eut pas le même mouvement quand les chevaliers et les écuyers du temple passèrent, hommes superbes, aussi bronzés que les orientaux par les rayons brûlants du soleil et dont les chevaux et les équipements dépassaient en richesse et en luxe tout ce que la France et l'Angleterre pouvaient montrer. Cœur de Lion jeta un regard sur le chien, toujours passible. Le Grand-Maître, profitant de sa double position de guerrier et de prêtre, bénit le roi au lieu de le saluer. Ce fut le tour de Léopold d'Autriche, accompagné de son spruchsprecher et de son bouffon ; l'archiduc passa en sifflottant devant la bannière royale comme pour marquer son mépris ou son indifférence de la cérémonie. Richard observa attentivement alors le Nubien et son chien, mais ni l'un ni l'autre ne bougèrent. Puis vinrent les troupes du marquis de Montserrat, à la tête de douze cents stradistes, cavalerie légère levée en Dalmatie. Au moment où Conrad allait répondre à quelques mots d'amitié de Richard, le noble lévrier poussant un hurlement sauvage et le Nubien lui rendant la liberté, il s'élança sur le cheval de Monserrat et saisissant le marquis à la gorge le jeta à bas de la selle. L'élégant cavalier roula sur la poussière. — Le lévrier a fait lever le gibier, j'en jurerais par saint Georges. Retire le chien, car il va l'étrangler.

On comprend le tumulte que l'événement produisit dans le camp. Richard dut défendre l'esclave et le chien contre la fureur des gens de Conrad qui voulaient les mettre en pièces. Le roi accusa formellement le marquis de Montserrat de trahison et cita à témoin ce chien dont l'instinct lui permettait de reconnaître celui qui l'avait frappé. Philippe de France vint encore pour ramener le calme et convoquer tous les princes et tous les chefs à se trouver réunis dans la tente du conseil. Une heure plus tard, Richard s'y trouvait et devant tous les princes, il accusa le marquis de Montserrat d'avoir enlevé la bannière d'Angleterre et blessé le noble chien qui la défendait, ce contre quoi Conrad protesta et à son tour il déclara solennellement être innocent du forfait qui venait de lui être imputé. Richard voulut défier Conrad, mais celui-ci ne s'empressant pas de ramasser le gant jeté par le roi d'Angleterre. Philippe eut le temps d'intervenir et de dire qu'en sa qualité de roi et de chef de l'armée, Richard ne pouvait combattre contre un simple marquis. On se décida donc à en appeler au jugement de Dieu selon l'usage de la chevalerie : Richard paraissant, comme appelant, représenté par un champion et le marquis de Monserrat en propre personne comme défendant. Comme il n'y avait pas de terrain de disponible et afin que les soldats ne fussent pas témoins du combat, on résolut d'avoir recours à la générosité de Saladin pour obtenir un champ clos convenable. — Qu'il en soit donc ainsi, dit Philippe, nous communiquerons cette affaire à Saladin, quoique ce soit montrer à un ennemi le malheureux esprit de discorde que nous devrions nous cacher à nous mêmes. En attendant la séance est levée et je vous recommande à tous, comme chrétiens et nobles chevaliers, de ne pas souffrir que cette malheureuse querelle engendre d'autres disputes dans le camp, mais de la recommander comme étant solennellement renvoyée au jugement de Dieu. Chacun de vous priera donc le Seigneur de décider de la victoire selon la vérité et le bon droit ; sa volonté soit faite. »

***

Lorsque le roi Richard fut rentré dans sa tente, il ordonna qu'on lui amenât le Nubien. Celui-ci vint se présenter avec le cérémonial ordinaire et, s'étant prosterné, resta devant le roi dans l'attitude d'un esclave attendant des ordres. Il fut peut-être heureux pour lui que, voulant continuer son rôle, il se trouvât obligé de tenir ses yeux fixés sur la terre, car il aurait eu probablement peine à supporter les regards perçants que Richard lui lançait de temps à autre. — Tu t'entends à la chasse, dit le roi après un moment de pause : Tu as levé le gibier et l'a mis aux abois. Mais ce n'est pas tout : il faut le forcer aussi. Moi-même j'aurais aimé à manier l'épieu. Mais il y a des considérations qui m'en empêchent. Tu vas retourner dans le camp de Saladin avec une lettre, sollicitant de sa courtoisie qu'il désigne un terrain neutre pour ce fait de chevalerie, et demandant s'il lui est agréable de se joindre à nous pour y assister. Or, par conjecture, nous supposons que tu pourras bien trouver dans le camp quelque cavalier qui, pour l'amour de la vérité et l'accroissement de son honneur, consente à combattre ce traître de Montserrat ?

Le Nubien leva ses yeux, et les fixa sur le monarque avec une expression de zèle et d'ardeur, puis il les porta au ciel pleins d'un sentiment si profond de reconnaissance, qu'on y vit briller des larm... Il inclina ensuite la tête affirmativement et reprit de nouveau sa posture soumise. — C'est bien, dit le roi, et je vois que ton désir est de m'obliger dans cette affaire. Et c'est en cela, je dois le dire, que réside l'excellence d'un serviteur tel que toi, qui n a pas la faculté de la parole pour discuter nos projets, ou pour demander l'explication de ce que nous avons résolu.

Une inclinaison du corps et une génuflexion furent la réponse de l'Ethiopien. — Et maintenant passons à un autre point, dit le roi en parlant brusquement et rapidement: as-tu déjà vu Edith? Le muet leva les yeux comme s'il allait parler ; ses lèvres même avaient commencé à proférer une négation assez distincte ; mais cet effort avorté se perdit dans un sourd murmure. — Miracle ! s'écria le roi, le nom seul d'une fille royale, d'une beauté accomplie, telle que notre charmante cousine, semble avoir presque le pouvoir de faire parler un muet. Tu verras cette perle de notre cour, et tu t'acquitteras du message du royal Saladin.

Le Nubien de nouveau s'inclina ; mais lorsqu'il se releva, le roi, lui appuyant fortement la main sur l'épaule, continua d'un ton grave et sévère : — Laisse-moi te donner un avis, mon noir messager. Si tu sentais que l'influence de cette beauté a la vertu de délier les nœuds qui retiennent ta langue captive dans les murs d'ivoire de ton palais, comme s'exprime le brave sultan, prends garde de renoncer à ton état de taciturnité, et de proférer un seul mot en sa présence, car sois sûr que je saurais te faire arracher la langue à partir de la racine ; et quant ce palais d'ivoire, ce qui signifie probablement ta double rangée de dents, sache que je te les ferais tirer l'une après l'autre : ainsi donc demeure silencieux.

Le Nubien, dès que le roi eut ôté sa main de fer de dessus son épaule, baissa la tête, et posa un doigt sur ses lèvres en signe d'obéissance Mais Richard s'appuya de nouveau sur lui, quoique plus doucement que la première fois, et ajouta. — Nous te donnons cet ordre comme à un esclave. Si tu étais chevalier et gentilhomme, nous te demanderions ton honneur en garantie du silence, qui est la condition expresse de notre confiance.

L'Ethiopien se redressa fièrement, regarda le roi en face, et mit sa main sur son cœur. Richard appela alors son chambellan et lui dit : — Va, Neville, avec cet esclave à la tente de notre royale épouse, et dites à la reine que notre volonté est qu'il ait une audience particulière de notre cousine Edith. Il est chargé d'une commission pour elle. Tu lui montreras le chemin, dans le cas où il aurait besoin de ton aide, quoique tu puisses avoir remarqué qu'il est déjà étonnamment familiarisé avec les détours du camp. Et toi, l'ami, je te donne une demi-heure.

« Je suis découvert, pensa le prétendu Nubien, pendant que, les bras croisés et les regards baissés, il suivait Neville qui le conduisait d'un pas rapide à la tente de Bérengère· Il est évident que le roi Richard m'a reconnu et pénétré ; cependant je ne vois pas que son ressentiment soit très violent contre moi. Si j'ai bien compris ses paroles, et il me semble impossible de s'y tromper. Richard me donne une chance glorieuse de réhabiliter mon honneur en courbant la tête altière de ce noble marquis. » Il continua ses réflexions le long de la route : cherchant en vain à se rendre compte des intentions du monarque en permettant cette entrevue, et se promettant du reste de lui obéir et d'être fidèle à son rôle de muet. Comme il répétait cette résolution, l'officier anglais et le faux esclave arrivèrent devant le pavillon de la reine. Ils furent introduits par les gardes et Neville, laissant le Nubien dans un petit appartement qui servait d'antichambre et que celui-ci ne se rappela que trop bien, passa dans la salle de réception de la reine. Il communiqua la volonté de son royal maître d'un ton bas et respectueux, bien différent de la brusquerie de Thomas de Vaux, car, pour ce dernier, Richard était tout, et le reste de la cour Bérengère elle-même comprise, n'était rien. Un éclat de rire suivit la communication de ce message. — Et à quoi ressemble l'esclave nubien qui vient en ambassadeur pour le Soudan ? C'est un nègre, Neville, n'est-ce pas ? dit une voix de femme facile à reconnaître pour celle de Bérengère, c'est un nègre, n'est-il pas vrai, avec une peau noire, une tête frisée comme celle d'un bélier, un nez aplati et de grosses lèvres ? N'est-ce pas cela, digne sire Henri ? — Que Votre Grâce, ajouta une autre voix de femme, n'oublie pas les jambes cagneuses et recourbées comme un cimeterre. — Dites plutôt comme l'arc de Cupidon, puisqu'il est question de l'envoyé d'un amant, reprit la reine. Bon Neville, tu es toujours prêt à nous faire plaisir, à nous autres pauvres femmes qui nous amusons peu dans nos moments de loisirs. Il faut que tu nous montres ce messager d'amour. J'ai vu beaucoup de Turcs et de Maures ; mais jamais aucun nègre. — Je suis fait pour obéir aux ordres de Votre Grâce, dit le chevalier débonnaire, pourvu que vous m'excusiez auprès de mon maître d'en agir ainsi. Cependant, permettez-moi d'avertir Votre Grâce qu'elle va voir un objet bien différent de ce qu'elle imagine. — Tant mieux ! Comment ? encore plus laid que notre imagination ne nous le dépeint, et pourtant c'est le messager d'amour du brave sultan ! D'ailleurs, il est muet aussi, n'est-ce pas ? — Il l'est, ma gracieuse dame, affirma le chevalier. — Ah ! elles peuvent se divertir royalement, ces femmes orientales, dit Bérengère, servies par des gens devant qui elles peuvent tout dire et qui ne peuvent rien répéter, tandis qu'ici, un oiseau qui passe dans l'air rapporte ce qui se fait. — C'est, dit Neville, que Votre Grâce oublie parfois qu'elle parle au milieu de murailles de toile.

Cette observation fit baisser la voix, et lorsqu'après quelques chuchotements, le chevalier anglais revins près de l'Ethiopien, il lui fit signe de le suivre. Il obéit. Neville le conduisit à un pavillon dressé à une petite distance de celui de la reine pour loger lady Edith et sa suite. Une de ses esclaves cophtes reçut le message qui lui fut communiqué par sire Henri Neville, et quelques minutes après le Nubien fut introduit en la présence d'Edith ; sire Neville resta en dehors de la tente. L'esclave qui fit entrer le noir supposé se retira aussitôt à un signe de sa maîtresse, et ce fut avec une profonde humilité non seulement d'attitude mais encore d'âme, que le malheureux chevalier, ainsi déguisé se précipita un genou en terre, les yeux baissés, et les bras croisés comme un criminel qui attend son arrêt.

A un pas de l'esclave immobile et agenouillé, Edith tourna la lumière vers sa figure comme pour examiner plus attentivement ses traits, puis elle s'éloigna, et plaça sa lampe de façon à jeter l'ombre du profil de l'étranger sur un rideau qui était à côté. Elle parla enfin d'une voix calme, mais profondément affligée. — Est-ce vous ? est-ce bien vous ? brave chevalier du Léopard ? Vaillant sir Kenneth d'Ecosse, est-ce réellement vous, ce déguisement servile ? environné de mille dangers ? Un soupir profond et passionné fut sa seule réplique à la question de l'illustre Edith. — Je vois que j'ai deviné juste, reprit Edith. Je vous avais remarqué dès le premier moment où vous parûtes près de la plate-forme où j'étais avec la reine. J'avais reconnu aussi votre courageux lévrier. Elle serait indigne des services d'un chevalier tel que vous, la dame à qui un changement de costume ou de couleur pourrait faire méconnaître un serviteur si fidèle. Parlez sans crainte à Edith Plantagenet ; elle saura consoler dans l'adversité le bon chevalier qui la servit, l'honora et accomplit en son nom de beaux faits d'armes quand la fortune lui était propice. Est-ce la crainte ou la honte qui vous retient ? La crainte ? Elle devrait vous être étrangère ; et quant à la honte, qu'elle tombe sur le traître !

Le chevalier ne put exprimer sa mortification qu'en soupirant profondément et en posant son doigt sur ses lèvres.

Edith se recula d'un air un peu mécontent. — Pourquoi joindre les mains et les tordre avec violence ! Serait-ce possible ? ajouta-t-elle tressaillant à cette idée, se pourrait-il que leur cruauté t'eût réellement privé de la parole ? tu secoues la tête ? Eh bien ! je ne te questionnerai pas davantage : moi aussi, je puis être muette.

Le chevalier déguisé fit un geste comme pour se plaindre de son sort et conjurer son ressentiment ; en même temps il lui présenta la lettre du Soudan, enveloppée richement. Elle la prit avec insouciance : puis, la mettant de côté et fixant encore une fois ses regards sur le chevalier : — Pas même un mot en accomplissant ton message ? Il pressa son front de ses deux mains comme pour lui exprimer la peine qu'il éprouvait de ne pouvoir lui obéir : mais elle se détourna de lui avec colère. — Il suffit, dit-elle, j'ai assez parlé, trop peut-être, à quelqu'un qui ne daigne pas me répondre un seul mot. Sors, et crois que, si je t'ai fait du mal, je l'ai expié ; car si j'ai causé pour toi la perte d'un rang honorable, j'ai dans cette entrevue oublié ce que je me devais à moi-même, et me suis abaissée à tes yeux et aux miens.

Le malheureux Ecossais regarda machinalement la lettre comme pour s'excuser de différer son départ. Edith la saisit en disant d'un ton d'ironie et de mépris : — Ah ! je l'avais oubliée. L'esclave soumis attend la réponse à son message. Elle parcourut rapidement la lettre écrite en arabe et en français ; et, lorsqu'elle eut fini, elle rit avec amertume et colère. Voilà qui passe l'imagination ! s'écria-t-elle ; aucun magicien ne saurait accomplir un pareil miracle. Il faut convertir les sequins et les besants en sous et en maravédis, mais qui vit jamais un chevalier chrétien, estimé parmi les plus braves de la croisade, devenir l'esclave d'un sultan païen, le messager de ses insolentes propositions à une fille chrétienne ; mais à quoi bon parler au vil esclave d'un chien d'infidèle ? Tu diras à ton maître lorsque son fouet t'aura fait retrouver ta langue que tu m'as vu jeter sa lettre à terre et la fouler aux pieds. Ajoute, renégat à ta dame, à la chevalerie, à ta dame, qu'Edith Plantagenet méprise l'hommage d'un païen. En parlant ainsi, elle s'arracha de ses mains, car il essaya de la retenir, lui laissant un morceau de son voile dans l'effort qu'elle fit pour lui échapper.

Le soir, Richard remettait au Nubien des dépêches pour Saladin en lui ordonnant de partir à la pointe du jour.

IX

Le lendemain matin, Richard fut invité à une conférence par Philippe de France; celui-ci, tout en prodiguant les expressions de la plus haute estime à son frère d'Angleterre, lui communiqua en termes très positifs son intention de retourner en Europe pour s'occuper des affaires de son royaume. Il lui dit qu'il désespérait entièrement du succès de leur entrepsise, d'après la diminution de leurs forces et les discordes intestines qui les partageaient. Richard essaya vainement de le dissuader, et, la conférence finie, il reçut sans surprise un manifeste signé du duc d'Autriche et de plusieurs autres princes, exprimant sans aucun ménagement une résolution semblable à celle de Philippe. Ils y déclaraient que leur abandon de la sainte cause était occasionné par l'ambition démesurée et le despotisme de Richard d'Angleterre. Tout espoir de continuer la guerre avec quelque chance de succès s'évanouissait ainsi. Richard versa des larmes amères sur la perte de ses espérances de gloire.

Ces réflexions aigrissaient tellement le chagrin du roi, que de Vaux se réjouit de l'arrivée d'un ambassadeur de Saladin qui le força de donner un autre cours à ses pensées. Ce nouvel envoyé était un émir très estimé du sultan nommé Abdallah El Hadgi; il tirait son origine de la famille du prophète et de la race ou tribu de Hachem; et en témoignage de cette illustre généalogie, il portait un turban vert d'une énorme dimension. Il avait fait trois fois le voyage de la Mecque, ce qui lui avait fait donner le nom de Hadji ou Pèlerin. C'était aussi un homme d'Etat dont Saladin avait employé les talents dans plusieurs négociations avec les princes chrétiens, et surtout avec Richard, auquel la personne d'El Hadgi était non seulement connue mais encore agréable. Satisfait de l'empressement que Saladin mettait à lui faire promettre par son envoyé un terrain convenable pour le combat, et un sauf conduit pour tous ceux qui voudraient y assister (l'ambassadeur offrant de rester lui-même en otage), Richard oublia bientôt ses chagrins.

Le lieu appelé « le Diamant du désert » fut désigné pour le combat comme étant à peu près à une distance égale du camp des chrétiens et de celui du sultan. Il fut convenu que Conrad de Montserrat assisté de ses parrains, l'archiduc d'Autriche et le Grand-Maître des templiers, y paraîtrait, le jour fixé pour le combat, avec une suite de cent hommes d'armes; que Richard d'Angleterre et son frère Salisbury, qui soutenait l'accusation, s'y rendraient avec un nombre égal de guerriers pour protéger leur champion, et que le Soudan aurait avec lui une garde de cinq cents hommes d'élite qui n'était *considérée que comme l'équivalent* de deux cents lances chrétiennes. Les autres personnes de distinction qui seraient invitées par chaque parti devaient venir sans autres armes que leur épée. Le sultan se chargeait de faire préparer la lice, ainsi que tous les arrangements et rafraîchissements nécessaires pour recevoir les personnes qui devaient assister à cette solennité. Ses lettres exprimaient avec beaucoup de courtoisie le plaisir qu'il se promettait d'une entrevue pacifique avec Mélek-Ric, et son extrême désir de lui faire un accueil qui pût lui être agréable.

La veille du jour marqué pour le combat, Conrad et ses amis partirent au point du jour pour le lieu indiqué, et Richard quitta le camp à la même heure; mais, comme il avait été convenu, il voyagea par une route différente, précaution qui avait été jugée nécessaire pour éviter toute possibilité d'une collision. Quant au bon roi lui-même, il n'était pas d'humeur à se quereller avec personne. Rien n'aurait pu ajouter au plaisir qu'il se promettait d'un combat à outrance en champ clos, si ce n'est d'être lui-même un des combattants, et il se sentait réconcilié avec tout le monde, voire même avec Conrad de Montserrat ! Armé à la légère, richement vêtu et aussi rayonnant qu'un jeune époux le jour de ses noces, Richard caracolait à côté de la litière de la reine Bérengère, lui faisant remarquer les différents lieux qu'ils traversaient, et égayant, par des récits et des chants, la route monotone du désert. Lorsque la reine avait accompli son pèlerinage à Engaddi, elle avait pris le chemin qui était de l'autre côté de la chaîne de montagnes, de sorte que le spectacle de la solitude était nouveau pour elle et pour ses dames. Quoique Bérengère connût trop bien le caractère de Richard pour ne pas témoigner un grand intérêt pour ce qu'il lui plaisait de dire ou de chanter, elle ne put s'empêcher de se livrer à quelques craintes féminines quand elle se vit dans l'effrayant désert avec une si petite escorte, qui semblait n'être qu'un point mouvant sur la surface de la plaine immense : Elle savait aussi qu'ils n'étaient pas éloignés du camp de Sadin, et qu'ils pouvaient être surpris, exterminés, d'un moment à l'autre, par un détachement nombreux de sa redoutable cavalerie, si le païen était assez déloyal pour profiter de l'occasion; mais quand elle communiqua ses soupçons à Richard, il les repoussa avec mécontentement et dédain. « Ce serait plus que de l'ingratitude, dit-il, que de douter de la bonne foi du généreux soudan. » Cependant les mêmes craintes et les mêmes doutes se représentèrent souvent, non seulement à l'esprit timide de la reine, mais à l'âme plus fière et plus courageuse d'Edith Plantagenet, qui avait peu de confiance dans la bonne foi musulmane. Sa surprise eût donc été moins grande que sa terreur, si elle eût entendu tout à coup retentir dans le désert le cri d'*Allah illah* ! et qu'une troupe de cavalerie Arabe eût fondu sur eux comme des vautours sur leur proie... Ces soupçons ne diminuèrent pas lorsqu'à l'approche du soir on aperçut un seul cavalier, remarquable par son turban et sa longue lance, qui voltigeait sur la crête d'une petite éminence, comme un faucon suspendu dans l'air ; dès que l'Arabe entrevit l'escorte royale, il partit avec la rapidité du même oiseau lorsqu'il fend les airs et disparaît de l'horizon. — Il faut que nous approchions du lieu désigné, dit le roi Richard, et ce cavalier est sans doute une des vedettes de Saladin... Il me semble que j'entends le bruit des cors et des cymbales mauresques... Rangez-vous en ordre, enfants, et formez-vous autour des dames dans une attitude militaire. Ils continuèrent donc à s'avancer en bon ordre et rangs serrés jusqu'à ce qu'ils fussent parvenus au sommet des collines de sable et en vue du lieu désigné. Là un spectacle magnifique et imposant se déroula sous leurs yeux. Le Diamant du désert, cette fontaine solitaire qui ne se distinguait ordinairement que par un groupe de palmiers, était devenue le centre d'un camp dont les bannières brillantes et les ornements dorés étincelaient de mille teintes riches et variées aux rayons du soleil couchant. Les étoffes qui formaient les vastes tentes étaient des plus éclatantes couleurs. On y voyait briller l'écarlate, le jaune d'or, le bleu d'azur... Le haut pilier central qui soutenait chaque pavillon était décoré de grenades d'or et de petites flammes de soie. Mais outre ces pavillons remarquables, il y avait un nombre de tentes noires, comme le sont ordinairement celles des arabes, qui parut formidable à Thomas de Vaux, et qu'il jugea capable de loger une armée orientale de cinq mille hommes. Comme le roi Richard et sa suite étaient à peu près à mi-chemin du camp, un cri aigu se fit entendre, et tous les guerriers qui entouraient irrégulièrement le front et les flancs des Européens se rassemblèrent tout d'un coup, et, formant une colonne longue et profonde, marchèrent avec ordre et silence, à la suite de l'escorte de Richard. La poussière commençait à s'abaisser devant les chrétiens qui formaient ainsi l'avant-garde, lorsqu'ils virent s'approcher à leur rencontre, à travers cette épaisse atmosphère, un corps de cavalerie d'un genre différent et plus régulier, pourvu d'armes défensives et offensives, et digue de servir de gardes du corps au plus superbe monarque de l'Orient. Chaque cheval de cette troupe, composée d'environ cinq cents hommes, valait la rançon d'un comte. C'étaient des esclaves géorgiens et circassiens dans la fleur de l'âge. Leurs casques et leurs hauberts étaient formés de mailles d'acier tellement bien polies qu'elles brillaient comme de l'argent; leurs vêtements offraient les plus éclatantes couleurs ; leurs ceintures étaient tissées d'or et de soie, sur leurs riches turbans flottaient des plumes et étincelaient des pierreries, et la poignée ainsi que le fourreau de leur sabre et de leur poignard, de fin acier de Damas, étaient inscrutés d'or. Cette troupe brillante s'avança au son de la musique militaire, et quand elle joignit le petit corps des chrétiens, elle ouvrit ses rangs à droite et à gauche pour le laisser défiler. Richard se mit alors à la tête de sa troupe, comprenant que Saladin lui-même s'approchait. En effet, un moment après, au milieu de sa garde, des officiers de sa maison et de ses nègres hideux qui gardent les harems orientaux, parut le sultan dont le maintien seul indiquait un roi.

La tête couverte d'un turban blanc comme la neige, et portant une robe et de larges pantalons à l'orientale, d'un blanc également pur, noués par une ceinture de soie écarlate et sans ornement, Saladin pouvait paraître, au premier coup d'œil, l'homme le plus simplement vêtu de sa garde. Mais, en l'examinant de plus près, on remarquait sur son turban cette pierre inestimable que les poètes ont appelée Mer de lumière ; le diamant qu'il portait au doigt, et sur lequel son cachet était gravé, valait probablement tous les joyaux de la couronne d'Angleterre, et le saphir qui terminait la poignée de son candjar ne lui était inférieur en valeur. Il montait un coursier arabe, blanc comme la neige, qui semblait fier de son noble fardeau. Il n'était pas besoin de présentation. Les deux héros se jetèrent en même temps à bas de leurs chevaux ; les troupes s'arrêtèrent, et la musique cessa tout d'un coup ; ils s'avancèrent en silence au-devant l'un de l'autre et après s'être courtoisement salués, les deux souverains s'embrassèrent comme des frères et des égaux. Le luxe et la magnificence étalés des deux côtés cessèrent d'attirer les regards : chacun ne vit plus que Richard et Saladin, et eux aussi ne virent bientôt plus qu'eux-mêmes. Cependant les regards que Richard jetait sur Saladin étaient plus curieux et plus attentifs que ceux du Soudan lui-même ; ce fût ce dernier qui rompit le silence.

— Le Mélec-Rik est aussi bienvenu près de Saladin que l'eau dans ce désert. J'espère que ce grand nombre de cavaliers ne lui inspire pas de méfiance. Excepté les esclaves armés de ma maison, ceux qui l'accueillent et l'entourent avec des regards d'étonnement et d'admiration sont tous les nobles privilégiés de mes mille tribus ; car quel est celui qui, pouvant être présent, aurait voulu rester chez lui lorsqu'il s'agissait de voir un prince comme Richard, dont le nom inspire tant de terreur que, dans les sables du Yemen, la nourrice s'en sert pour faire taire son enfant, et le libre arabe pour soumettre son coursier rétif. — Et voilà les nobles de l'Arabie, répliqua Richard, contemplant autour de lui des individus d'un aspect sauvage, couverts de blancs manteaux. Leurs visages étaient brûlés par les rayons du soleil, leurs dents aussi blanches que l'ivoire, et leurs yeux noirs étincelaient d'un feu farouche et presque surnaturel sous les plis de leurs turbans; ils étaient vêtus en général avec une simplicité qui ressemblait assez à de la négligence.

— Ils ont droit à ce titre, répondit Saladin; mais, quoique nombreux, ils ne dépassent pas les conditions du traité et ne portent d'autres armes que le sabre. L'acier même de leur lance a été laissé de côté. — Noble Saladin, ajouta-t-il en langue franque, le soupçon ne peut pas exister quand il s'agit de toi... Vois, poursuivit-il en montrant les litières, moi aussi j'ai amené quelques champions, en contravention des termes de notre traité : des yeux brillants et de beaux traits sont des armes que je ne pouvais négliger de prendre avec moi.

Approche, frère, continua Richard, les dames ne craindront pas de te voir de plus près... Ne veux-tu pas approcher? les rideaux de leurs litières te seront ouverts sur-le-champ.

— Qu'Allah m'en préserve! répondit Saladin, car il n'y a pas un Arabe ici qui ne regardât comme une honte pour ces nobles dames d'être vues le visage découvert. — Tu les verras en particulier, frère. — A quoi bon? reprit Saladin avec tristesse. Comme l'eau éteint le feu, ta dernière lettre a éteint les espérances que j'avais osé concevoir.

Pourquoi m'exposerais-je à voir se rallumer une flamme qui me consumerait en vain? Mais mon frère ne veut-il pas entrer sous la tente que son serviteur lui a fait préparer? Mon premier esclave noir a reçu des ordres pour la réception des princesses. Les officiers de ma maison s'occuperont de ta suite, et nous-mêmes voulons être ton chambellan. Il le conduisit effectivement sous un superbe pavillon où se trouvait réuni tout le luxe que la magnificence asiatique avait pu inventer. De Vaux, qui suivait le roi, débarrassa Richard du long manteau de cheval qu'il portait, et le roi d'Angleterre parut devant Saladin sous un vêtement étroit, propre à faire ressortir la force et la symétrie de sa personne et formant le contraste le plus remarquable avec les vêtements larges et flottants qni dissimulaient les membres grêles du monarque d'Orient. Mais ce qui attira surtout l'attention du Sarrasin fut l'épée à double poignée dont la lame large et droite, d'une longueur qui semblait la rendre impossible à manier, s'étendait depuis l'épaule jusqu'au talon du monarque.

— Si je n'avais pas vu, dit le soudan, ce fer flamboyer dans le combat comme l'épée de l'ange Azaël, j'aurais de la peine à croire que le bras d'un homme pût le porter. Oserai-je prier le noble Melec-Ric d'en frapper un coup en toute amitié et pour me donner un échantillon de sa force? — Volontiers, noble Saladin, répondit le roi, et cherchant autour de lui un objet sur lequel il pût exercer sa force, il vit une hache d'acier que portait un des spectateurs, et dont le manche, de même métal, avait à peu près un pouce et demi de diamètre. Il plaça cette arme sur un billot de bois.

Le roi éleva sa lourde épée au-dessus de son épaule gauche, la saisit des deux mains et lui faisant faire le moulinet au-dessus de sa tête, il la fit retomber avec la force de quelque machine redoutable : la barre d'acier roula sur le plancher, séparée en deux comme un jeune arbre fendu par la hache du bûcheron. — Par la tête du prophète! voilà un coup merveilleux, s'écria le sultan examinant avec une minutieuse intention la barre de fer qui venait d'être coupée en deux, et la lame dont la trempe était si bonne qu'elle ne portait aucune trace après un coup si violent. Il prit alors la main du roi, et, en examinant la grandeur et la force musculaire, il sourit en plaçant à côté la sienne, si grêle, si maigre et si inférieure en chair et en nerf. — Saladin dit l'instant d'après : — Je voudrais bien essayer aussi de faire quelque chose, mais pourquoi le faible montrerait-il son infériorité aux yeux du fort!... Cependant chaque pays a ses exercices différents, et ceci paraîtra peut-être nouveau à Mélec-Rik. En parlant ainsi il prit un coussinet de duvet et de soie, et, le plaçant devant lui. Ton arme pourrait-elle couper en deux ce coussin, demanda-t-il à Richard. — Non, assurément, répondit Richard : aucune épée sur la terre, quand ce serait l'excaliber du roi Arthur, ne peut couper ce qui n'oppose aucune résistance solide.

— Eh bien ! regarde, dit Saladin, et relevant la manche de sa robe, il montra un bras long et maigre auquel un exercice constant n'avait laissé que des os, des muscles et des nerfs. Il tira son cimeterre, dont la lame était étroite et recourbée, et qui, loin d'être étincelante comme les épées des Francs, était d'un bleu terne, marquée de nombreuses lignes ondulées qui indiquaient le travail minutieux de l'armurier. Le sultan, brandissant cette arme, qui paraissait si faible auprès de celle de Richard, resta suspendu sur le pied gauche qu'il avait légèrement avancé. Il se balança un moment comme pour assurer son coup, puis faisant un pas en avant, il fendit le coussin avec tant d'adresse et si peu d'effort que l'objet parût plutôt se détacher en deux morceaux qu'être partagé violemment. — Par ma foi, frère, dit Richard, tu es sans égal pour le maniement du cimeterre, et il serait vraiment dangereux d'avoir à te combattre ! Cependant, je mettrais encore quelque confiance dans un coup vigoureux comme nous en déchargeons nous autres anglais ; ce que nous ne pouvons faire par l'adresse, il faut l'emporter par la force. Vraiment, tu es aussi expérimenté dans l'art de faire des blessures que mon sage Hakim dans celui de les guérir. J'espère que je verrai le sage médecin... Je lui ai de grandes obligations, et...

Comme il disait ces mots, Saladin changea son turban contre un bonnet tartare. A cette vue, de Vaux ouvrit à la fois sa large bouche et ses grands yeux ronds, et Richard contempla l'étranger avec un étonnement qui ne fit qu'augmenter quand le sultan prononça ces paroles en changeant le ton ordinaire de sa voix contre un ton grave et sentencieux : — Le malade, dit le poète, connaît le médecin à son pas ; mais est il rétabli, il ne reconnaît plus même ses traits quand il l'a devant lui. — Au miracle ! au miracle ! s'écria Richard. — Un miracle de Mahomet, sans doute ? ajouta Thomas de Vaux. — Est-il possible que j'aie méconnu mon savant Hakim, reprit Richard, faute de sa robe et de son bonnet, et que je le retrouve dans mon royal frère Saladin ! — Cela se voit souvent dans ce monde : la robe déchirée ne fait pas toujours le derviche.

— Et ce fut par ton intercession que le chevalier du Léopard fut arraché à la mort, et par ton artifice qu'il rentra déguisé dans mon camp. — Précisément. Je fus assez bon médecin pour comprendre qu'à moins que la blessure faite à son honneur ne fût guérie, il aurait peu de jours à vivre. Son déguisement fut plus aisément découvert que je ne l'avais imaginé d'après le succès du mien.

Un accident, répondit Richard, qui voulait sans doute parler de la circonstance où il avait appliqué ses lèvres sur la blessure du Nubien... un accident me fit d'abord connaître que sa peau ne devait sa couleur qu'à l'art, et une fois cette découverte faite, le reste était facile à deviner, car sa taille et ses traits ne sont pas de ceux qu'on oublie. Je crois fermement que c'est lui qui combattra demain. — Il est plein d'espérance et tout entier à ses préparatifs. Je lui ai fourni des armes et un cheval, ayant une haute opinion de lui, d'après ce que j'en ai vu sous mes différents déguisements.

— Et sait-il à qui il a de si grandes obligations ? — Il le sait. Je fus obligé de me faire connaître en lui faisant part de mon dessein. — Et n'a-t-il rien avoué ? — Rien de précis ; mais d'après beaucoup de choses qui se sont passées entre nous, j'ai dû penser que son amour était placé trop haut pour avoir une heureuse issue. — Et savais-tu que cette passion téméraire s'opposait à tes propres vœux.

— J'ai pu le deviner, mais sa passion existait avant que j'eusse formé ces vœux, et je dois ajouter que probablement elle leur suivivra. L'honneur ne me permet pas de tirer vengeance du refus que j'essuie sur celui qui n'y eut pas de part. Et d'ailleurs si cette noble dame me préfère le guerrier au Léopard, qui osera dire qu'elle n'a pas rendu justice à un chevalier plein de noblesse ?

— Et cependant de trop bas lignage pour mêler son

sang à celui des Plantagenet, dit Richard avec hauteur. — Telles peuvent être vos maximes dans le Frandjistan. Nos poètes d'Orient disent qu'un vaillant conducteur de chameaux est digne de baiser les lèvres d'une belle reine, tandis qu'un prince sans courage ne mérite pas de presser des siennes le bas des vêtements d'une femme du peuple. Mais avec ta permission, noble frère je vais prendre congé de toi pour le moment, afin d'aller recevoir le duc d'Autriche cet autre chevalier nazaréen, tous deux bien indignes de notre hospitalité, mais qui cependant doivent être convenablement traités, non pour eux-mêmes, mais pour notre propre honneur... Car le sage Lokman a dit : « La nourriture que tu as donnée à l'étranger n'est pas perdue pour toi ; tandis que son corps en a été fortifié, ton renom et ta gloire en ont également profité. »

*
* *

Il avait été convenu, à cause de la chaleur du climat que le combat judiciaire, motif de la réunion de tant d'hommes de nations diverses au Diamant du désert, aurait lieu aussitôt après le lever du soleil. La vaste lice, construite d'après les plans du chevalier du Léopard, entourait un espace de cent vingt mètres de long sur quarante de large, dont le sol était un sable compact. Le trône de Saladin était érigé du côté occidental de l'enceinte, juste au centre où les combattants devraient se rencontrer après avoir parcouru chacun la moitié de la lice. En face du trône s'élevait une galerie grillée construite de telle sorte que les dames qui devaient s'y placer pussent voir le combat sans être elles-mêmes exposées aux regards. A chaque extrémité du camp clos s'ouvrait une barrière mobile. On avait aussi placé des trônes pour le roi Richard et le duc d'Autriche ; mais ce dernier, s'apercevant que le sien était plus bas que celui du roi d'Angleterre, refusa de l'occuper. Cœur-de-Lion, qui aurait tout supporté plutôt que de voir retarder le combat par quelque cérémonie, voulut que les parrains restassent à cheval pendant tout le temps de la lutte. Au bout de la lice était placée la suite de Richard, et à l'autre bout, ceux qui avaient accompagné le défendant Conrad. Autour du trône destiné au Sultan était rangée sa brillante garde géorgienne, et le reste de l'enceinte était occupé par les spectateurs chrétiens et mahométans. Quand le premier rayon du soleil vint éclairer le désert, l'appel sonore : « A la prière ! à la prière ! » fut prononcé par le sultan lui-même et répété par tous ceux à qui leur rang et leur piété donnaient le droit de remplir les fonctions de muezzins.

C'était un spectacle frappant que de les voir tous se tourner vers la Mecque et tomber à terre pour faire leurs dévotions. Bientôt après on entendit le son de plusieurs tambourins : à ce bruit, tous les cavaliers sarrassins se jetèrent à bas de leurs chevaux et se prosternèrent comme pour faire une seconde prière, c'était pour laisser à la reine, accompagnée d'Edith et de ses dames, la liberté de passer de son pavillon à la galerie qui lui était destinée. Cinquante gardes du sérail de Saladin les escortaient le sabre nu, et ils avaient l'ordre de tailler en pièces quiconque, noble ou vilain, oserait regarder les dames à leur passage, ou se hasarderait même à lever la tête jusqu'à ce que le silence des tambourins eût appris à tout le monde qu'elles avaient pris place dans la galerie fermée, sur laquelle ne devait s'arrêter aucun regard curieux.

*
* *

Cependant les parrains, chacun de leur côté, étaient allés, comme d'usage, s'assurer que les deux champions étaient bien armés et préparés au combat.

L'archiduc d'Autriche n'était nullement pressé d'accomplir cette partie de la cérémonie, ayant fait une orgie plus forte que de coutume le soir précédent avec du vin de Schiraz. Mais le Grand-Maître du temple plus vivement intéressé à l'issue du combat, était de bonne heure devant la tente de Conrad de Montserrat. A sa grande surprise, les gens du marquis lui en refusèrent l'entrée. — Ne me reconnaissez-vous pas, coquin ? demanda le Grand-Maître très courroucé. — Pardonnez-moi, très vaillant et très révérend Grand-

Maître, répondit l'écuyer de Conrad ; mais vous-même ne pouvez entrer en ce moment. Le marquis va se confesser. — Se confesser ! s'écria le templier. Et à qui, je te prie ? Mon maître m'a recommandé le secret dit l'écuyer.

Sur ces mots, le Grand-Maître le poussa de côté et entra dans la tente. Le marquis de Montserrat était aux pieds de l'ermite d'Engaddi et au moment de commencer la confession. — Que veut-dire ceci, marquis ? demanda le Grand-Maître. Levez-vous ! n'avez-vous pas de honte ? ou si vous avez besoin de vous confesser, ne suis-je pas ici ? — Je ne me suis confessé à vous que trop souvent, répondit Conrad, dont les joues étaient pâles et la voix tremblante. Pour l'amour du ciel, Grand-Maître, sortez et laissez-moi décharger ma conscience aux pieds de ce saint homme. — Et en quoi est-il plus saint que moi ? Ermite, prophète, insensé, quitte cette tente à l'instant. Le marquis ne se confessera pas ce matin, à moins que ce ne soit à moi, car je ne le quitterai pas. — Est-ce là votre volonté ? demanda l'ermite à Conrad, car ne croyez pas que j'obéisse à cet orgueilleux si vous continuez de désirer mes secours.

— Hélas ! murmura Conrad avec irrésolution, que voulez-vous que je dise ? Adieu pour un moment, nous nous reverrons plus tard.

— Les délais sont la perte de l'âme, s'écria l'ermite, malheureux pécheur ! Et quand à toi, tremble ! — Trembler ! répondit le templier avec mépris, je ne le pourrais pas quand je le voudrais.

L'ermite n'entendit pas sa réponse, car il avait quitté la tente.— Allons, dépêchons-nous d'expier cette affaire, dit le Grand-Maître, puisque tu peux en passer absoment par cette niaiserie. Mais, écoute : je crois connaître la plupart de tes péchés par cœur, ainsi, nous en supprimerons les détails qui pourraient être un peu longs, et nous commencerons par l'absolution. A quoi bon compter les taches de souillure dont nous allons nous laver les mains ? — Te connaissant toi-même, tu blasphèmes en parlant d'absoudre les autres. — Voilà qui n'est pas d'accord avec les canons ; tu es plus scrupuleux qu'orthodoxe, l'absolution d'un mauvais prêtre est aussi bonne que celle d'un saint, sans cela que deviendraient les pauvres pénitents ? Quel blessé demanda jamais au chirurgien s'il avait les mains propres ? Allons ; en finirons-nous avec cette bagatelle ? — Non, j'aime mieux mourir sans confession que de profaner le sacrement. — Alors, noble marquis, reprends courage ; dans une heure tu seras vainqueur de la lice ou tu confieras tes dernières pensées à ton heaume comme à un vaillant chevalier. — Hélas ! tout est d'un funeste augure dans cette affaire : cette découverte opérée par l'instinct d'un chien ; la résurrection de ce chevalier écossais qui apparaît dans la lice, tout me présage une fin sinistre. Quel temps fait-il dehors ? — Le soleil s'est levé couvert d'un nuage ? — Tu vois, rien ne nous sourit. — Tu combattras à l'ombre, mon fils, rends en grâces au ciel.

L'heure arriva enfin : les trompettes sonnèrent, les chevaliers entrèrent en lice armés de toutes pièces et firent trois fois le tour de la lice à cheval, se montrant aux spectateurs. Tous deux étaient de beaux hommes, mais les traits de l'Ecossais étaient empreints de confiance et d'espérance, tandis que ceux de Conrad révélaient l'abattement et la méfiance. Le poursuivant et le défendant furent successivement conduits devant un autel par leurs parrains respectifs. Chaque champion, descendant de cheval, protesta de la justice de sa cause par un serment prononcé sur l'Evangile et demanda au ciel de réussir ou d'échouer selon le bien ou le mal fondé de sa cause. Ce fut d'une voix mâle que Kenneth prêta serment. Conrad se présenta également devant l'autel avec assez de fermeté, mais sa voix rendit un son creux comme si elle se fût perdue dans son casque et ses lèvres devinrent blanches et tremblantes. Les prêtres, après avoir adressé à Dieu une prière solennelle pour qu'il fît connaître le bon droit, sortirent de la lice. Les trompettes du poursuivant sonnèrent une fanfare et un héraut d'armes proclama qu'un loyal chevalier, sire Kenneth d'Ecosse, champion du roi d'Angleterre, accusait Conrad, marquis de Montserrat, de trahison lâche et déshonorable envers le dit roi. A l'ouïe du nom de Kenneth, une longue et bruyante acclamation retentit parmi la suite du roi

Richard et ce fut à peine si l'on entendit la réponse du défendant, qui, selon son rôle, protesta de son innocence et offrit son corps au combat. Les combattants se tinrent alors l'un en face de l'autre, la lance en arrêt, la visière baissée, les membres tellement bardés de fer qu'ils ressemblaient plus à des statues de fonte qu'à des êtres vivants. Le silence devint général, on n'entendait plus que le souffle et le piaffement des coursiers, impatients de s'élancer dans la carrière. Il s'écoula ainsi trois minutes, au bout desquelles, sur un signal du sultan, les sons de mille instruments déchirèrent les airs, et les combattants se heurtèrent avec un bruit semblable aux tonnerre. La victoire ne fut pas un moment douteuse. Conrad se montra un guerrier expérimenté. Il frappa son adversaire au milieu de son écu, avec une telle précision que sa lance se brisa en éclats jusqu'au gantelet ; le cheval de l'Ecossais recula de cinq ou six pas et plia sur ses hanches, mais son cavalier le releva facilement avec la main et la brid Quant à Conrad, il n'y avait guère moyen qu'il se relevât, la lance de sire Kenneth avait pénétré son armure de part en part et lui avait fait une profonde blessure à la poitrine. Les tronçons de la lance restaient enfoncés dans la plaie. On s'empressa autour de lui et le blessé regardant le ciel avec des yeux égarés s'écria : — Que voulez-vous de plus? Dieu a décidé avec justice, je suis coupable ; mais il y a de pires traîtres que moi dans le camp ; par pitié pour mon âme, qu'on amène un confesseur.

*
* *

Sire Kenneth entrait quelques instants après, accompagné de ses parents Richard et William Longue-Epée, dans le pavillon de la reine et fléchit gracieusement le genoux devant la souveraine, quoique son hommage fût silencieusement adressé à Edith, assise à droite de la reine. « Désarmez-le, nobles dames, di le roi qui prenait un plaisir extrême à l'accomplissement de ces rites chevaleresques : que la beauté honore la chevalerie ! Détache ses éperons, Bérengère, toute reine que tu sois, tu lui dois les plus hautes marques de faveur. Délace son casque, Edith, je veux que tu le fasses de ta propre main, fusses-tu la plus fière des Plantagenet et fût-il, lui, le plus pauvre des chevaliers de l'univers. — Et qui vous attendez-vous à trouver sous cette enveloppe d'acier? dit Richard lorsque le casque eut été enlevé, un nubien, un obscur aventurier? Non, par mon épée, tous ces déguisements touchent à leur fin. Mon champion s'est agenouillé devant vous sans autre recommandation que sa vaillance. Il se relève également distingué par la naissance et la fortune, car le chevalier Kenneth est devenu David, comte de Huntingdon, prince royal d'Ecosse.

Il y eut un cri de surprise et Edith laissa tomber de ses mains le casque qu'elle venait de recevoir. — Oui, continua le roi, la chose en est ainsi. Vous savez que l'Ecosse, après nous avoir promis de nous envoyer ce vaillant comte avec une compagnie de ses plus braves lances, parut oublier ses engagements. Ce noble jeune homme, qui devait être le chef des croisés écossais, regarda comme une honte de ne point prêter l'appui de son bras à la sainte guerre : il nous rejoignit en Sicile avec un petit nombre de soldats fidèles et dévoués. Les confidents du prince avaient tous péri et ce secret trop bien gardé faillit me laisser le regret d'avoir fait périr une des plus brillantes espérances de l'Europe. Pourquoi ne me confiâtes-vous pas votre nom, votre sang, noble Huntingdon, lorsque vous vîtes votre existence menacée par une sentence trop précipitée ? Croyez-vous Richard capable d'abuser de l'avantage que le sort lui donnait sur l'héritier d'un roi qui se montra si souvent son ennemi ? — Je ne vous ai pas fait cette injure, royal Richard, mais mon orgueil ne me permettait pas d'avouer mon titre de prince royal d'Ecosse pour sauver une existence que j'avais compromise en trahissant mon devoir. De plus, j'avais fait le vœu de garder l'incognito jusqu'à la fin de la croisade et en effet je n'ai parlé qu'*in articulo mortis* et sous le sceau de la confession à ce révérend ermite. — Voilà donc la raison pourquoi le saint homme me pressait avec tant d'insistance de renoncer à cette exécution : il avait raison de dire que je préférerais plus tard avoir perdu un membre qu'avoir condamné ce noble chevalier à la mort. Un membre, j'aurais voulu l'effacer au prix de ma propre vie.

« Edith, ajouta-t-il en se tournant vers sa cousine, dont les joues se couvrirent de rougeur, donne-moi ta main, belle cousine, et toi, prince d'Ecosse, donne-moi la tienne. — Arrêtez, monseigneur, dit Edith en se reculant, cherchant à couvrir sa confusion par la plaisanterie, ne vous rappelez-vous pas que ma main était destinée à convertir à la foi chrétienne Saladin et toute son armée de turbans ? — Oui, mais le vent de la prophétie a changé et souffle maintenant dans une autre direction. — Ne raillez point de peur que le ciel ne vous en fasse repentir, dit l'ermite en s'approchant. Lorsque Saladin et Kenneth d'Ecosse couchèrent dans ma grotte, je lus dans les astres que sous mon toit reposait un prince, ennemi naturel de Richard, auquel le sort d'Edith Plantagenet devait être lié. Pouvais-je douter qu'il ne fût question du sultan dont le rang m'était bien connu et qui venait me visiter souvent pour s'entretenir avec moi des révolutions des corps célestes ? Les planètes m'annonçaient ici que ce prince serait un chrétien, j'en conclus la conversion du noble Saladin que ses bonnes qualités naturelles semblaient destiner à une meilleure croyance. Ce ne sont donc pas les planètes qui se sont trompées, c'est moi, interprète aveugle et insensé, venu ici en prophète austère et orgueilleux, me croyant doué de facultés surnaturelles, et je m'en retourne humble et pénétré de mon ignorance, pénitent mais rempli d'espérance en la miséricorde divine.

*
* *

Le milieu du jour approchait ; Saladin attendait dans sa tente les princes de la chrétienté qu'il avait invités pour la collation de midi. Sous son vaste couvent était préparé un banquet magnifique, étalé, d'après la coutume orientale, sur de superbes tapis d'une immense richesse. Au plafond de la tête étaient suspendus des bannières et des drapeaux, trophées de batailles gagnées et de royaumes renversés. Au milieu on remarquait un linceul, soutenu par une lance, portant l'inscription célèbre :

Saladin, roi des Rois, Saladin, vainqueur des vainqueurs, Saladin doit mourir.

En attendant ses hôtes, le sultan, imbu des superstitions de son siècle, méditait un horoscope et une lettre que l'ermite d'Engaddi lui avait fait remettre et où il *lui dévoilait la signification réelle de la prédiction qu'il* avait cru devoir s'appliquer à lui. Il était plongé dans ses réflexions lorsqu'il fut interrompu par Nectabanus qui s'était élancé dans la tente avec un air d'agitation effrayante, qui rendait sa laideur naturelle encore plus hideuse... — Qu'y a-t-il, dit le sultan d'un air sévère... *Accipe hoc* (attrape) murmurait le nain en gémissant. — Comment ! que dis-tu ? — *Accipe hoc*, répétait le nain terrifiée. — Hors d'ici, bouffon ; je ne suis pas d'humeur à subir tes folies. — Et je ne suis fou qu'autant que ma folie peut venir au secours de mon esprit pour m'aider à gagner ma vie, pauvre malheureux que je suis ! Ecoutez-moi, redoutable sultan. — Si tu as en effet à te plaindre de quelque outrage, sage ou fou, tu as le droit d'être entendu d'un souverain, suis-moi.

En disant ces mots, il le mena dans une autre partie de la tente, mais leur conversation fut bientôt interrompue par des fanfares annonçant l'arrivée des princes chrétiens avec une parfaite courtoisie. Il salua surtout le prince d'Ecosse et le félicita généreusement. — Ne pense pas, noble jeune homme, ajouta le sultan, que le prince d'Ecosse soit mieux vu de Saladin que ne le fut sire Kenneth de l'émir Ildérim ou l'esclave nubien du médecin Adenibek. Un naturel aussi brave et aussi généreux que le tien a un prix indépendant du rang et de la naissance. — Le comte de Huntingdon fit une réponse convenable dans laquelle il reconnaissait avec gratitude tous les services importants et nombreux que sous tant de formes diverses il avait reçu du généreux Saladin, puis il but le sorbet qu'il lui avait présenté. L'archiduc d'Autriche but largement de la boisson glacée que la température brûlante du midi et la chaleur qui enflamme le lendemain d'une orgie lui rendaient doublement agréable.

Léopold présenta le vase au Grand-Maître des templiers. Saladin fit alors un signe au nain qui s'avança et prononça d'une voix rauque les mots : *Accipe hoc*. Le templier tressaillit comme le coursier qui voit sur son chemin un lion caché dans un buisson et, pour

www.ingramcontent.com/pod-product-compliance
Ingram Content Group UK Ltd.
Pitfield, Milton Keynes, MK11 3LW, UK
UKHW021109220726
13924UKWH00004B/1610

9 782019 694074